A escolha perfeita do coração

Bianca Briones

Um livro da série
Batidas Perdidas

1ª edição

Rio de Janeiro-RJ / Campinas-SP, 2015

VERUS
EDITORA

Editora: Raïssa Castro
Coordenadora editorial: Ana Paula Gomes
Copidesque: Gabriela Lopes Adami
Revisão: Raquel de Sena Rodrigues Tersi
Capa e projeto gráfico: André S. Tavares da Silva
Imagens da capa: © coloroftime/iStockphoto (casa!)

ISBN: 978-85-7686-450-9

Copyright © Verus Editora, 2015

Direitos reservados em língua portuguesa, no Brasil, por Verus Editora. Nenhuma parte desta obra pode ser reproduzida ou transmitida por qualquer forma e/ou quaisquer meios (eletrônico ou mecânico, incluindo fotocópia e gravação) ou arquivada em qualquer sistema ou banco de dados sem permissão escrita da editora.

Verus Editora Ltda.
Rua Benedicto Aristides Ribeiro, 41, Jd. Santa Genebra II, Campinas/SP, 13084-753
Fone/Fax: (19) 3249-0001 | www.veruseditora.com.br

CIP-BRASIL. CATALOGAÇÃO NA FONTE
SINDICATO NACIONAL DOS EDITORES DE LIVROS, RJ

B871e

Briones, Bianca, 1979-
   A escolha perfeita do coração / Bianca Briones. - 1. ed. - Campinas, SP : Verus, 2015.
   23 cm.   (Batidas perdidas ; 3)

ISBN 978-85-7686-450-9

1. Romance brasileiro. I. Título. II. Série.

15-24130
CDD: 869.93
CDU: 821.134.3(81)-3

Revisado conforme o novo acordo ortográfico

Para Athos Briones, o mosqueteiro que salvou nossa
Bienal do Livro do Rio de Janeiro

1
Viviane

> *We were made for each other*
> *Out here, forever*
> *I know we were*
> *Yeah yeah!*
> *All I ever wanted was for you to know*
> *Everything I do I give my heart and soul*
> *I can hardly breathe*
> *I need to feel you here with me.*
> — Avril Lavigne, "When You're Gone"*

O amor é uma contradição. A mesma pessoa que pode partir seu coração em mil pedaços é capaz de juntar os estilhaços e fazer você se sentir inteira outra vez.

Durante dois anos, repeti para mim mesma que Rafael e eu deveríamos seguir caminhos separados. E, em uma fração de segundo, ele colocou minha resolução por terra.

Para que ficássemos afastados, coloquei um oceano entre nós, mas como posso permanecer longe estando ao alcance de seu olhar?

Rafael nunca precisou me tocar para que eu o sentisse em mim. O modo como seus olhos penetram nos meus sempre foi mais do que suficiente para eu me entregar.

---

* "Nós fomos feitos um para o outro/ Aqui, para sempre/ Eu sei que fomos/ Sim, sim/ Eu só quero que você saiba/ Em tudo que eu faço, me entrego de corpo e alma/ Mal posso respirar/ Eu preciso sentir você aqui comigo."

Quando retornei de Londres, não pensei que fôssemos nos ver tão rápido e menos ainda que acabaríamos transando no escritório. Achei que teria mais tempo para me preparar... Ora, não sei quem eu quero enganar. Tive dois anos para isso.

Acho que alguns amores são mesmo para sempre. Eles marcam como tatuagens — doem para fazer e ainda ficam ali, nos lembrando do que queremos esquecer.

Ficar com ele foi mais forte do que eu. O que sinto por Rafael sempre será mais forte do que eu. Isso me apavora. Antes não, mas, com todo o nosso histórico, não posso deixar de ter medo. A sensação me corrói, porque não quero ser a pessoa que vive com medo.

— Eu te amo, porra — ele diz baixinho em meu ouvido, enquanto me abraça forte. Tão forte como se quisesse unir nosso corpo eternamente. Acho que não sou a única com medo aqui.

— Também te amo, Rafa. — Acaricio seu rosto, sentindo a textura da barba sob a ponta dos meus dedos e apreciando o calor conhecido que envolve meu corpo.

Acho que, apesar de toda a insegurança que sentimos agora, o fato é que nos amamos demais. Dá para desistir de uma paixão. Dá para superar um coração partido por um amor de verão. Mas não dá, em hipótese alguma, para esquecer um amor em chamas, que queima a pele e se mistura ao sangue, nos inflamando por dentro.

Mesmo assim, será o amor suficiente? Da última vez, não foi.

— Tudo o que eu disse é verdade. Quero tentar outra vez. Quero casar com você.

— Eu sei — respondo, e ele fica em silêncio, atento ao que eu não disse.

Procuro as palavras em minha mente. Quero dizer algo certo, mas não consigo. A adrenalina do reencontro está baixando e o pavor de reviver tudo que passamos volta a me consumir.

A dor nos aproximou, a dor nos conectou e a dor nos afastou. Em vários níveis diferentes, ela é parte fundamental do que vivemos. Será que dá para deixar tudo de lado e viver apesar das cicatrizes?

Ou será que, se tentarmos, vamos nos machucar de uma forma ainda mais irremediável?

2
RAFAEL

Diz pra mim
O que eu já sei
Tenho tanta coisa nova pra contar de mim
Diz pra mim
Sobre você
Que é a hora certa pra recomeçar do fim.

— Malta, "Diz pra mim"

TIVE A VIDA toda para aprender que é possível ir da euforia extrema ao pavor paralisante. E é exatamente o que estou sentindo agora: um medo do caralho de não conseguir reconquistar a Vivi. Medo. Medo. Medo.

Saber que o que temos é forte não é suficiente para me mostrar como agir. Foi tão fácil da primeira vez, tão natural. Nós nos envolvemos em um piscar de olhos. Por que então está parecendo tão difícil dessa vez?

Porque você foi um filho da puta escroto, Rafael, e nem sempre dá pra consertar as merdas que você faz. O pensamento me assombra, e balanço a cabeça para afastá-lo.

— Rafa — Viviane diz meu nome e se afasta para me olhar.

Pode haver um abismo entre nós agora, mas ela ainda é capaz de reconhecer quando estou me perdendo.

— Eu sei que fiz o contrário quando te vi, mas não quero te pressionar, Vivi. — Coloco a mão em seu rosto e beijo seus lábios devagar.

— Você não fez isso.

Ergo uma sobrancelha e minha cara de safado fica em evidência. Ela ri. Ah, como amo o som dessa risada...

— Idiota. — Ela sorri e morde o lábio inferior, se preparando para me dizer algo. — Eu só acho que devemos ir com calma.

— Isso quer dizer que você não vai pra casa comigo hoje?

— Acho melhor não. Temos muito que conversar ainda.

Não, não concordo. Acho que não vai adiantar nada falar do passado, mas sei que devo isso a ela. Foi assim que me resolvi com todas as pessoas: conversando. Ela merece isso mais do que ninguém.

— Tudo bem. Eu posso esperar.

— Tem certeza?

— Claro. Esperei dois anos. O que é mais um dia? — Ela me encara e estreita os olhos. — Mais dois, três dias? — Ela segue me encarando, e isso me preocupa. — O quê? Isso aí eu aguento. Se for mais, vou ser obrigado a te jogar no ombro e te levar pra casa na marra!

Viviane sorri outra vez, sabendo que eu vou esperar o tempo que ela quiser. Ou não, né? Posso muito bem dar um jeito de deixá-la tão maluca que ela vai é me implorar para jogá-la no ombro.

— Muito bem, você tem três dias, garota.

Afinal, eu ainda sou o Rafa, porra!

3
Viviane

> *We were both young*
> *When I first saw you*
> *I close my eyes*
> *And the flashback starts...*
> — Taylor Swift, "Love Story"*

Logo em seguida saímos do escritório. Um dos funcionários se aproxima de Rafael e começa a falar sobre um problema no bar.

Percorro o lugar com os olhos até avistar minha prima Fernanda, e faço sinal para Rafael, indicando que vou falar com ela.

Fernanda me abraça assim que me vê. Não há pessoa mais carinhosa no mundo.

— Estou tão feliz por você estar de volta, prima! — ela diz com a voz meio enrolada. — Vai ao banheiro comigo?

— Vou. Também estou feliz por estar de volta — respondo, e ela tropeça. — Quanto você bebeu, Fê?

— Um tiquinho de nada. — Ela faz sinal com os dedos. — É que eu não bebia desde que o Felipe nasceu, há um ano e meio.

Chegamos ao banheiro e a fila está bem grande. Enquanto aguardo, meu celular vibra. É uma mensagem do Bernardo.

---

* "Nós éramos jovens/ Quando eu te vi pela primeira vez/ Eu fecho meus olhos/ E começo a lembrar..."

> Vi o Rafa passar por aqui e não te achei. Tá tudo bem?

> Tô no banheiro com a Fê. Mas tá, sim. Onde vc tá?

> No bar.

> Logo vou praí.

"Blood Sugar Sex Magik", do Red Hot Chili Peppers, começa a tocar, e, em um instante, volto no tempo, me lembrando da primeira noite que passei com o Rafa. Quando ele tocou meu corpo como se fosse sua guitarra.

Um arrepio me percorre inteira. Como lutar contra um amor que faz parte de cada célula minha? Não há como.

O que posso fazer é lidar com ele aos poucos e pedir a Deus para não me afogar. Não quero me perder de novo em um turbilhão de emoções...

Mas é possível perder batidas de forma controlada? Não creio. Amor é explosão. E não se explode com moderação.

Fernanda sai do banheiro e vamos para o bar. Ela começa a falar animadamente com Branca e Camila. Bernardo se aproxima e toca minha mão devagar. É um gesto discreto, mas muito carinhoso.

Sorrio para ele e assinto. Estou bem. É isso que ele quer saber.

Ele sorri de volta e pede uma bebida para mim. Do outro lado do bar, Rafa conversa com o barman, parecendo não nos notar, mas eu sei que ele está ligado em cada movimento meu e, pelo modo como sua testa se franziu por um instante, está atento ao Bernardo também.

Mais um temor para acrescentar à minha lista: como Rafael e Bernardo vão lidar um com o outro?

Esses dois anos morando juntos me aproximaram muito de Bernardo. É como se fôssemos conectados. Ele é capaz de ver minhas mudanças de humor antes mesmo que eu as perceba. Assim como reconheço até as tristezas que ele quer esconder.

É aquele tipo de amizade em que não é preciso falar muito. Ele sabe. Eu sei. E isso basta. Estamos ali um para o outro e vai ser sempre assim.

Ironicamente, depois do começo turbulento dos dois, Bernardo me apoiou muito a voltar para o Brasil e dar uma chance para Rafael. O que eu não sei é como o Rafa vai lidar com o ciúme que sempre demonstrou sentir do Bernardo.

— E aí, deu? Deu? Deu? Diz que deu! — Branca cantarola em meu ouvido e me viro para ela, rindo.

— Por favor, Branca!

Ela dá um gritinho.

— Seu olhar brilhante diz que deu. Ah, que ótimo! Gosto assim. Melhor se acertar logo com o mestre da paudurecência. Não se deve deixar passar tamanha magnitude — ela diz, jogando os cabelos loiros platinados para trás.

— Ah, Branca, sempre tão pertinente, não é? — Bernardo provoca, bebendo um gole de sua cerveja.

— Por que você não vai até Londres pra ver se eu te perguntei alguma coisa, Bernardo? — ela responde na lata.

Os dois continuam com suas provocações de irmãos, e eu me perco nisso por alguns momentos. Rodrigo fala uma besteira para Lucas, fazendo com que Fernanda e Camila caiam na gargalhada. Lex se aproxima do barman que estava com Rafa, e eles começam a conversar.

Se eu fechar os olhos e me deixar levar, mais uma vez voltarei no tempo. Estamos todos aqui. Depois de passarmos por tanta coisa, estamos todos aqui e ainda estamos juntos.

Sinto o olhar de Rafael em mim. Nós nos encaramos por um longo tempo. Ele me lança um sorriso meio contido e sei que ele está pensando o mesmo que eu.

Mais uma vez, estamos todos juntos.

E, quem sabe, desta vez não dê tudo certo para nós dois?

4
RAFAEL

The miles are getting longer, it seems
The closer I get to you
I've not always been the best man or friend for you
But your love remains true
And I don't know why
You always seem to give me another try.
— Chris Daughtry, "Home"*

O PROBLEMA QUE me chamam para resolver no bar é que a mulher de um dos caras entrou em trabalho de parto e ele tem que ir embora.

Não dá para chamar outro barman tão em cima da hora, então, como acontece às vezes, assumo a função que executei por anos.

Isso faz com que eu não possa dar muita atenção à Viviane, já que a balada do Batidas Perdidas é ainda mais movimentada que a do bar onde eu trabalhava quando nos conhecemos. Pois é... Precisávamos de um nome, esse não saía da minha cabeça e é de certa forma uma homenagem ao pai do Rodrigo e da Vivi. Então fechou.

Agora parece que uma força superior está brincando com nossas lembranças.

— Cara, eu posso ficar no bar — Lex diz, se aproximando e tirando dois chopes para um cliente.

---

* "Parece que as milhas estão ficando mais longas/ Quanto mais me aproximo de você/ Eu nunca fui o melhor homem ou amigo pra você/ Mas seu amor continua verdadeiro/ E eu não sei por que/ Você parece sempre me dar outra chance."

— Tá tranquilo. — Nem dou muita conversa. É melhor que ele não perceba que tem algo acontecendo.

— Não, meu. Vocês acabaram de se reencontrar. Vai lá ficar com ela — ele aponta para Viviane.

— Deixa assim, Lex. — Abaixo sua mão, antes que chame a atenção dela.

— Tá certo. — Ele franze o cenho. — O que tá pegando?

— Nada — respondo. Ele pousa a mão no meu ombro e eu o encaro.

— E aí? — Pensa num cara insistente.

— E aí que tô feliz pra caralho! — Forço o maior sorriso que ele já viu.

— Você não parece feliz pra caralho. — Lex cruza os braços ao perceber minhas encaradas na direção do Bernardo. — Na verdade, parece um adolescente enciumado. Tem algo a ver com o Bernardo?

Às vezes odeio essa nossa cumplicidade.

— Porra, Lex, não começa.

— Não tô começando nada, mas isso me preocupa. O que eu perdi dessa conversa?

— A Vivi quer ir com calma — digo o que ele quer ouvir ou ele não vai parar de falar.

— Certo. Sabe que isso não é ruim, né?

— Ah, cara... — o bufo que tento conter acaba escapando.

— Qual é o problema? Além desse.

— Nenhum. É que... — Viviane ri alto de algo que Bernardo disse e meu olhar recai sobre os dois.

— Você acha que eles ficaram. — Ele me conhece bem demais para não sacar o que estou pensando.

— Como não achar?

— É... Seria estranho se não tivessem tentado. — Ele coça a testa. — Estavam sozinhos lá e tal...

— Puta que pariu! — digo em voz alta e me viro de costas para eles, torcendo para que Viviane não tenha notado que estou bem puto. — Você tinha que me dar moral agora, cara? Se eu quisesse ouvir esse tipo de coisa, tinha ido falar com a Branca.

— É... Vamos continuar falando da Viviane, por favor — ele diz, e eu não sei se é o que ele quer. Parece que foi uma tentativa deliberada de me distrair, mas isso pode ser bom.

— O que tá pegando? — devolvo a pergunta que começou essa conversa.

— Melhor seria *quem* tá pegando...

— Cara, vocês se pegaram de novo? — Nem sei por que estou surpreso. Os dois terminaram há meses, mas não é a primeira recaída deles.

— Sim.

— Agora engata, será?

— Sei lá. A Branca e eu... De novo? — Ele parece refletir por um instante. — Pra que recomeçar algo que já não deu certo?

— Tá querendo me foder hoje, né? — Solto uma risada triste. — Viviane e eu... De novo?

— Que merda. Desculpa. Tô meio aéreo — ele tenta se justificar. — E, de qualquer forma, são situações diferentes.

— Por quê? — Eu me viro de novo para o balcão e ouço um pedido do cliente.

— Porque a Branca e eu não temos a mesma carga emocional que vocês carregam — ele explica, e eu ouço calado, pegando a coqueteleira para preparar uma caipirinha de morango com saquê. — Nós dois não damos certo e eu não faço ideia da razão. Sei lá. Sabe quando tem tudo para dar certo, mas não dá? Sua situação é diferente. Você sabe por que não deu certo com a Viviane. Foram as drogas. Você tá limpo agora e vocês têm uma chance grande de fazer tudo funcionar. Eu tô bem confiante.

Lex cuida de mim desde que me lembro. Nem ligo mais de assumir isso para mim mesmo. Tem horas que é preciso admitir que precisamos de ajuda e pronto. Ninguém é uma fortaleza. Meu amigo tenta agir de uma forma meio displicente para não ficar tão na cara, mas há anos sei que minha felicidade importa tanto para ele quanto a dele próprio.

Não respondo nada. Abro a torneira e fico observando o fluxo de água. Sinto a apreensão de Lex sem precisar olhar para ele.

Olho à minha volta: bebidas, cigarro, mulheres... Estou cercado de tudo aquilo que devo evitar.

Quando Rodrigo nos propôs sociedade, Lex e eu conversamos muito. Mas, depois de tudo que passei, desisti de fugir da vida, e, se tinha que ser uma tentação diária, então que fosse. Eu superaria um dia de cada vez.

Ironicamente, não tinha sido tão difícil assim — até agora. Sinto uma vontade insuportável de beber. É irônico porque minha mudança foi motivada pela Viviane. Eu estava cansado de ser o cara que se autodestruía. Mudei por mim e por ela. Mas é justamente a presença dela que faz com que eu queira fugir de novo.

Apoio as duas mãos no balcão. Não demora muito e começo a hiperventilar e sentir meu corpo estremecer.

Lex fecha a torneira e me diz:

— Respira.

— Ah, não... De novo isso não... — Estou apavorado. Minha cabeça e estômago doem. — Lex, me tira daqui. Preciso ir pra casa antes que a Vivi perceba — digo, apesar de saber que é tarde demais.

Em questão de segundos, Lex diz algo para o barman responsável e toca minhas costas.

Rodrigo se aproxima com o semblante preocupado e percebo que em algum momento Lex deixou que ele entendesse o que estava acontecendo.

— Eu fico no bar até o movimento acalmar — Rodrigo diz, apreensivo, quando já estamos passando pela portinhola.

No momento, estou me esforçando ao máximo para não surtar e desabar no meio da balada.

Ouço a voz da Viviane, mas, se eu me concentrar nela, vou ser sufocado por temores que eu nem sabia que tinha.

Assim, me concentro no Lex, enquanto respirar fica cada vez mais difícil.

5
Viviane

You know where my heart is
The same place that yours has been
We know that we fear to win
And so we end before we begin
Before we begin.
— U2, "Every Breaking Wave"*

— *Rafa, você* está bem? — pergunto, mas Rafael mal me olha. É como se ele não estivesse ali.

Ele se afasta com Lex. Tento ir atrás deles, mas Lucas bloqueia meu caminho.

— Vivi, deixa ele ir — ele me pede com sua voz gentil, tentando me acalmar, mas o pedido surte o efeito contrário. Odeio que me escondam coisas.

— O que está acontecendo, Lucas? — Meu tom sai mais autoritário do que eu pretendia.

Lucas passa a mão por seus cabelos escuros e seu olhar tem um brilho triste.

— Ele está tendo uma crise de pânico.

— Como assim? Desde quando ele tem isso?

— É normal pra ele, Vivi. Depois de tudo... — Ele se sente desconfortável, querendo me proteger.

---
* "Você sabe onde meu coração está/ No mesmo lugar em que o seu esteve/ Sabemos que temos medo de ganhar/ E assim terminamos antes de começar/ Antes de começar."

Olho para os meus amigos e o único que parece tão confuso quanto eu é Bernardo. Não entendo como ninguém me disse nada. Logo eles que normalmente não guardam segredos nem quando devem.

— Eu vou lá com ele. — Tento passar por Lucas, que segura meu braço devagar.

— Não. — Ele faz com que eu olhe em seus olhos, tentando se conectar comigo e me tranquilizar, mas é impossível. Estou confusa e preocupada. — Ele odeia essas crises e não fica nada bem depois delas. — Lucas inspira e expira completamente, antes de continuar: — Por favor, respeita o momento dele.

Olho para ele querendo rebater, mas não tem como atacar alguém que só está tentando proteger quem ama.

— Eu quero... — não chego a completar o pensamento porque Bernardo me interrompe.

— Vivi, dá um tempo pra ele.

— Você sabia disso? — Meu tom se perde entre confusão e autoridade.

— Não. Mas pressionar o Rafa não vai ajudar ninguém.

Busco em minha mente todas as informações sobre crise de pânico disponíveis.

— Eu fiz isso?

— Não é assim, Vivi — Mila começa a falar. Ela sabia de tudo, fica claro. — O Rafa começou a ter essas crises há pouco tempo. Uns seis meses. Não sabemos o que as desencadeou, mas o histórico dele dá base pra isso. Já pedi pra ele passar no hospital para eu tentar um encaminhamento, mas é o Rafa, então já viu... A teimosia chegou ali e parou. Ele surta só de pensar em assumir que tem isso, embora todos nós já saibamos que ele tem. O reencontro de vocês foi muito impactante. Acho que vocês dois deviam ir com calma.

"Ir com calma." Exatamente o que propus a ele. Agora me pergunto se não foi a barreira que ergui entre nós que o fez ter uma crise de pânico.

— Eu vou te levar pra casa, Vivi. Vem. — Bernardo segura minha mão e Lucas me solta. Meu choque foi tão grande que nem percebi que ele ainda estava segurando meu braço.

Deixo a balada com Bernardo e, durante o trajeto todo para casa, olho pela janela sem ver nada direito.

Meu amigo nem tenta conversar. Ele sabe que meu coração não está aqui, está com Rafael.

Mais do que nunca, quero estar com ele.

E, mais do que nunca, eu me pergunto se devo.

Será que eu lhe causei mais mal do que bem?

6
RAFAEL

And it echoes when I breathe
Until all you see is my ghost
Empty vessel, crooked teeth
Wish you could see
And they call me under
And I'm shaking like a leaf
And they call me under
And I wither underneath
In this storm.
— Of Monsters and Men, "I of the Storm"*

SER UM SOBREVIVENTE não é passar por uma situação difícil e seguir em frente. É resistir quando o fantasma do seu passado retorna e quer te arrastar para a escuridão que você viveu um dia.

Tudo o que eu quis nos dois últimos anos foi ter Viviane de volta. Agora não sei se vou poder lidar com isso. É mais fácil resistir ao álcool e às drogas do que resistir a ela.

Entro no quarto com a toalha enrolada na cintura. Lex está na sala e não vai sair de lá enquanto não tiver certeza de que estou bem.

Estou bem. Quer dizer, o máximo possível que alguém pode estar depois de dar de cara com todos os monstros que esconde no armário.

---

* "E ecoa quando eu respiro/ Até que tudo que você vê é meu fantasma/ Vaso vazio, dentes quebrados/ Queria que você pudesse ver/ E eles me chamam lá de baixo/ E estou tremendo como uma folha/ E eles me chamam lá de baixo/ E eu murcho por dentro/ Nesta tempestade."

Visto uma cueca, apago a luz e me jogo na cama. Olho para o alto e me perco no passado.

Posso lidar com isso. Posso lidar com isso. Posso lidar com isso.

Aprendi que repetimos verdades em que queremos acreditar. E nessa noite tudo o que quero é que elas se tornem realidade.

— O pior já passou, Rafa — repito baixinho para mim mesmo.

Vou ser um completo bebê se assumir que queria que minha mãe estivesse aqui?

Porque eu queria, e essa constatação é como uma faca cravada no meu coração. Quase posso ouvir a voz doce da minha mãe e sentir seu toque em meus cabelos.

Pego meu celular sobre o criado-mudo e fico encarando o visor, como se uma resposta mágica fosse surgir ali.

Eu devia escrever uma mensagem para Viviane. Ela deve ter se assustado pra caralho.

Mas o que eu digo?

Então, Vivi, sabe o cara que fodeu sua vida por ser um filho da puta partido em mil pedaços? Ele se refez, mas na hora de colar descobriu que estavam faltando várias partes dele mesmo, e agora ele está incompleto. Acho que sempre vai estar. Você quer alguém pela metade, Vivi? Quer alguém que te ama pra porra, mas pode virar sua vida de cabeça pra baixo em um instante?

É, acho que um "te amo, porra" não pode resolver tudo agora.

Não somos mais crianças.

Está na hora de crescer, Rafa. E talvez crescer seja entender que você deve abrir mão de quem você ama e dar a ela uma chance de ser feliz sem ter que se preocupar o tempo todo com a bomba prestes a explodir que você é.

7
Viviane

Hope is just a ray of what everyone should see
Alone is the street where you found me
Scared of what's behind you
And scared of what's in front
Live with what you have now
And make the best of what's to come.
— Phillip Phillips, "Tell Me a Story"*

Beijo o rosto de Bernardo e desço do carro, enquanto ele chama meu nome. Não sei o que dizer agora, então só balanço a cabeça e abro o portão.

Mesmo sem olhar para ele, sei que sua expressão é preocupada, aquela que ele usa quando não sabe como ajudar quem ele ama.

Olho de relance para a guarita dos seguranças ao passar. Exceto por um, são todos diferentes dos que trabalhavam na casa antes da minha mudança para Londres.

Respondo ao "boa-noite" no automático e sigo de cabeça baixa, pensativa.

São quase três da manhã, mas, quando entro na sala, minha mãe está ali assistindo *As pontes de Maddison*, seu filme favorito.

---

* "A esperança é apenas um raio que todos deveriam ver/ Solitária era a rua onde você me encontrou/ Com medo do que há atrás/ E com medo do que há à frente/ Viva com o que tem agora/ E faça o melhor pelo que está por vir."

— O que faz acordada?

— Já voltou?

Perguntamos juntas. Cada uma de nós surpresa por um motivo diferente.

— Achei melhor dormir em casa.

— Insônia.

Também respondemos ao mesmo tempo, e isso me tira um sorriso.

A sala está iluminada apenas pela televisão e por algumas velas perfumadas, de que minha mãe gosta muito. É uma atmosfera quase etérea e, ao mesmo tempo, muito aconchegante.

Quando meu pai morreu e ela se entregou à depressão a ponto de tentar o suicídio, nós estávamos muito distantes. Ela se fechou para o mundo bem antes, quando descobriu que a doença do meu pai era terminal.

Quando me mudei para Londres, a distância física entre nós nos reaproximou. Chega a ser irônico, mas é verdade.

Ela me visitava com frequência, mas vivia voltando por causa do Rodrigo. Ela nunca deixaria seu menino sozinho por muito tempo. Acho que isso é natural. Eu sempre fui mais independente. Rodrigo gosta de se gabar de ser assim, livre, mas vive bem apegado à nossa mãe.

Olho ao redor e sou preenchida por lembranças. Suspiro.

Minha mãe está aconchegada na poltrona favorita do meu pai. Ela me olha intensamente e aponta para o sofá ao seu lado. Ela estar assistindo televisão na sala e não no quarto indica que estava esperando por mim ou pelo Rodrigo.

Sento-me sem dizer nada, afundo a cabeça no encosto e fecho os olhos.

— Vou te dar um tempo — eu a ouço dizer em voz baixa, conforme ela diminui o volume da televisão.

— Ok.

Não preciso perguntar para quê. Ela sabe que menti ao dizer que resolvi vir para casa mais cedo.

Permito que os minutos se passem e todas as emoções do dia se aquietem um pouco.

Voltar para o Brasil foi uma decisão e tanto. Eu não pensava que Rafael e eu nos veríamos tão rápido, e menos ainda nas consequências disso.

É claro que eu queria vê-lo, mas parte de mim estava — e ainda está — apavorada.

— Você o viu?

— Você disse que ia me dar um tempo... — Abro os olhos e a encaro.

— Viviane, sete minutos é um tempo muito bom — ela sorri, mostrando o cronômetro do seu celular. — E então, você o viu?

— Vi.

— E...?

— Ah, mãe...

— Vocês se pegaram?

— Mãe! — Eu me ajeito no sofá, espantada. Está aí algo que eu não esperava.

— Filha, não esqueça que você passou os últimos dois anos fora e tudo o que eu soube sobre homens e mulheres nesse tempo foi graças ao seu irmão.

— Péssima influência — reviro os olhos. — E você devia saber por si mesma também.

— Não vamos falar sobre isso. — Ela se retesa e puxa a manta que a cobre para cima do peito.

Há um ano venho tentando convencer minha mãe a sair mais de casa, mas não tem jeito. Ela se nega. Está longe de ser a mulher depressiva que foi, mas, quando sai, é com uma ou outra amiga, ou ainda com a minha tia e avó. Nunca com um pretendente.

Por mais que eu ame meu pai e que ninguém nunca vá substituí-lo em meu coração, não suporto ver a dor estampada nos olhos da minha mãe por ser tão solitária. Ela merece recomeçar.

— Já parou para pensar por que você se incomoda tanto por eu não sair com outros homens? — Ela me surpreende ao continuar no assunto que quis evitar, como se lesse minha mente.

— Porque eu quero te ver feliz — respondo com o óbvio, cruzando os braços e me colocando na defensiva.

— Eu não tenho dúvidas disso, porém há mais. — Ela se remexe na poltrona, talvez procurando as palavras certas.

— Mais o quê?

— Você reconhece a dor que sinto. — Minha mãe estende a mão e segura a minha, olhando dentro dos meus olhos. — Você tem esperança de que, se eu superar a perda do seu pai, você conseguirá superar uma vida sem o Rafael.

Minhas lágrimas pesam e rolam pelo rosto. Não queria que meus sentimentos fossem tão óbvios assim.

— Existe uma vida sem eles, mãe? — pergunto, desejando muito ouvir que sim, que é possível recomeçar, mas o brilho triste nos olhos dela me fere ainda mais.

— Existe. O difícil é aceitarmos isso. Já se passaram mais de dois anos da morte do seu pai e eu não quero essa vida sem ele.

— Mas você não pode viver assim — digo, como se ela fosse a única a agir dessa forma. — O papai diria que isso não é viver, é...

— Sobreviver — ela completa. — Acho que ninguém nesse mundo me entende melhor que você, filha. — Sua mão acaricia meu rosto. — Eu nem sei o que aconteceu essa noite. Sei apenas que não foi bom. Como mãe, quero te aconselhar a esquecer o Rafael. Quero te dizer que há muitos rapazes no mundo que ainda vão tocar seu coração e que você não deve desistir de viver por algo que não sabe se vai acabar bem. Mas, como mulher, eu sei que nada do que eu disser vai mudar seu coração. Você ama o Rafael e, por mais que seja bem mais fácil e menos dolorida uma vida sem ele, você não vai desistir de tentar. Porque há uma pequena chance de tudo dar certo. E é essa pequena chance que vai te assombrar pelo resto da vida, caso você não tente.

— Eu não sei o que fazer. Já tentei esquecê-lo, mãe. Já tentei não o amar, mas não dá. Ele volta. Ele sempre volta. — Balanço as mãos, externando o desespero que sinto.

Ela se levanta e senta a meu lado, me puxando para seus braços enquanto choro sem parar.

— Minha menina, queria tanto poder ter as respostas. Mas eu sou apenas uma mulher presa a um homem que nem vive mais entre nós...

Se eu tivesse essa pequena chance brilhando sobre mim, jamais desistiria. A concretização desse amor pode compensar todo o sofrimento. Dói com ele. Dói sem ele. Acho que, no fim, tudo se trata de dor, do quanto você consegue aguentar e de como lida com ela.

— E se não compensar?

— Essa é a parte triste, meu amor. E se não compensar...

— Queria que o papai estivesse aqui.

— Eu também. Ele teria todas as respostas. Era fácil viver no mesmo mundo que ele. Era tão simples quanto respirar.

— Era. — A saudade inunda meu peito. — O que fazemos agora, mãe?

— Eu... — Ela abre a boca para responder ao mesmo tempo em que a porta se abre com um estrondo.

— "O seu problema acabou, o vira-lata chegou!" — Rodrigo entra, carregado de sacolas, e repete o bordão de um desenho antigo que nosso pai adorava.

Ele balança as sacolas e faz uma dancinha que, como irmã, sempre achei idiota, mas sei que essa alegria do Rodrigo o torna muito especial. Há algo mais nele: uma luz que sempre o acompanha, e, quando ele entra em um lugar triste, é como se as trevas não pudessem ficar perto. Eu diria que ele transborda alegria, mesmo quando se sente deprimido.

— O que está fazendo aqui? — pergunto, enxugando as lágrimas. — Não ia sair com uma garota?

— Ia. E ela era *top* — ele responde, trancando a porta e colocando a mão no peito, como se estivesse desolado. — Mas algo me dizia que as minhas garotas precisavam de mim e ninguém é mais importante que vocês.

— Own, Rô! — Eu corro para abraçá-lo e ele quase derruba tudo que carrega.

— O que são essas sacolas? — nossa mãe pergunta.

— Posso responder de duas maneiras. A primeira: chocolate e sorvete. — Ele balança outra vez tudo à nossa frente. — Ou a melhor: isso é a prova de que sou o melhor cara que habita esse planeta! — Ele corre para a cozinha e volta com colheres, nos entregando os potes com nossos sorvetes favoritos.

— Que filho perfeito! — minha mãe diz quando ele se senta entre nós, e ela o abraça.

— O mais puxa-saco — dou risada enquanto ele me mostra o dedo do meio sem que minha mãe veja. — Mas tem seu charme. Não dá para negar.

— Sempre pronto para cuidar das minhas garotas. — Ele pisca para mim e sei que há muito por trás dessa frase, e que ainda teremos muito que conversar. Mas agora ele só quer me ver feliz e não vai me pressionar.

— Vamos ver um filme? Mas nada dessa porra melosa aí! — Ele pega o controle, mudando de canal sem parar.

— Rodrigo! Nós já conversamos sobre esse seu palavreado — mamãe dá um tapa no braço dele e logo o acaricia, provavelmente pensando se pesou a mão. Sorrio. Ela nunca vai conseguir repreendê-lo de verdade.

Encosto a cabeça no ombro do meu irmão e aprecio o momento. É quase como se nosso pai estivesse presente, sentado na melhor poltrona do mundo, como ele gostava de dizer.

— Aí! Esse filme é muito melhor e totalmente másculo — ele aponta para a televisão e nos faz gargalhar ao percebermos que é a mais recente versão de *As panteras*.

Beijo seu rosto e me aconchego outra vez, pegando uma boa colherada de sorvete. Pelo menos nesse momento me permito não pensar em mais nada e me deixo envolver pela prazerosa sensação de estar em casa.

8
RAFAEL

I am no superman, I have no answers for you
I am no hero, oh that's for sure
But I do know one thing
Is where you are is where I belong
I do know, where you go is where I wanna be.
— Dave Matthews Band, "Where Are You Going"*

ACORDO ASSUSTADO NO meio da noite e procuro o interruptor perto da cama. Acendo a luz e me sento, com a respiração acelerada. Ainda é madrugada.

Seguro o edredom entre os dedos e não lembro a hora em que peguei no sono, nem de ter me coberto.

Uma fração de segundo é suficiente para que eu me recorde da noite anterior.

Minha boca seca e me levanto para tomar um copo de água, tropeçando no coturno que deixei no meio do caminho.

O apartamento está frio e estou de cueca. Rapidamente sinto meu corpo se arrepiar.

Lex não está mais na sala e há um bilhete sobre a mesinha.

---

* "Eu não sou um super-homem, não tenho respostas para você/ Eu não sou herói, ah, isso com certeza/ Mas de uma coisa eu sei/ Onde você está é o lugar ao qual eu pertenço/ Sei que onde você for é onde eu quero estar."

Quando acordar, me liga.
Tô pensando em tocarmos alguma coisa hoje à tarde, antes do meu turno na balada.
O que acha?

Olho para a porta, sem precisar verificar se está trancada. Lex tem uma chave daqui, assim como eu tenho uma do loft dele.

Percebo que o chuveiro está ligado apenas quando alguém o desliga.

Na mesinha, no hall de entrada, está o capacete do Lucas, indicando que ele chegou em casa.

Meu primo abre a porta do banheiro poucos segundos depois, então sei que ele só se enrolou na toalha e saiu pingando, mas não estou a fim de brigar por isso agora.

— Achei que ouvi a porta do seu quarto abrindo — Lucas diz assim que me vê e quase sinto culpa por ter ficado bravo pela molhadeira. Isso até ver uma poça de água se formando no piso de madeira. — Ah, desculpa — ele segue o meu olhar e faz uma careta.

— Relaxa. Quer comer? — digo, indo para a cozinha.

— Vou me trocar e já volto.

Ele retorna em seguida, olha para mim parado na porta por alguns segundos e depois abre a geladeira, tentando agir como se nada de mais estivesse acontecendo.

Um calafrio percorre meu corpo e o aviso que vou vestir uma roupa antes de preparar uma fritada para nós. Ele murmura algo em resposta e saio da cozinha.

Eu me troco rápido e me sento na cama. Não quero voltar para lá ainda.

Coloco a cabeça entre as mãos e o passado retorna. É quase um déjà-vu do que estamos vivendo hoje.

Era uma sexta-feira bem fria quando saí da clínica de reabilitação. Lex me avisou que meio mundo queria me buscar e eu disse que não queria ver ninguém. Já imaginava como seria todos eles ali, o bando inteirinho com palavras de apoio e até cartazes motivacionais, se bobeasse.

Eu tinha perdido a Viviane, mas parte dela, seus amigos grudentos, havia ficado. Eu nunca soube explicar em que momento deixei de ser o cara solitário para me tornar o cara cheio de amigos preocupados com ele o tempo todo. Mesmo que eles queiram meu bem, isso é sufocante pra caralho.

O caminho para casa foi tranquilo, mas silencioso. Quer dizer, havia música tocando no rádio. Eu é que não queria falar muito. Lex e Lucas respeitaram isso.

Não dá para comparar a reabilitação com uma cadeia, mas, de certa forma, era uma prisão. Aquilo me mudou. Durante muito tempo estive em conflito comigo mesmo. Até entender que o que eu sentia como prisão era o que estava salvando a minha vida.

Foi até fácil tomar a decisão de me internar depois de tudo, mas, porra, como foi difícil passar por cada crise de abstinência sem quem eu amava por perto. Isso tudo, somado à culpa que eu sentia pelos tiros em Lex e Rodrigo, me matava. Sem contar o pior, o que me assombra até hoje: o bebê que Viviane e eu perdemos por eu ser um filho da puta irresponsável.

Na volta para casa, eu tentava esquecer isso. Tentava não pensar na dor e me concentrar no recomeço, como meu terapeuta recomendava. Foi estranho, porque enquanto estava internado fazia todo o sentido sair e recomeçar, mas, no momento em que pisei fora da clínica, tudo que eu queria era voltar para lá. Eu estava seguro ali, longe do olhar dos outros. Antes a culpa estava dentro de mim, agora eu a via andar em forma de pessoas.

Nenhum deles jamais me acusou de nada, e nem precisava. Sou meu maior algoz.

Se eu soubesse o que sei hoje, teria visto a crise de pânico vindo.

Eu estava sentado na cama, exatamente do mesmo jeito, e as lágrimas vieram.

Lucas entrou e... Não, Lucas entra. Exatamente como naquele dia, aqui está meu primo outra vez.

— Recomeçar é foda pra caralho... — sentando-se ao meu lado, ele repete as palavras que eu disse a ele naquele dia. — Mas deixa eu te contar uma história. Era uma vez um cara que perdeu a família inteira em um acidente de carro. Esse cara era um garoto, na verdade, e ele estava apavorado. — Sua voz embarga. Lucas nunca teve medo de demonstrar suas emoções. — Ele se sentia perdido e recomeçar não parecia nada menos que *foda pra caralho*. — Ele balança a cabeça, sorrindo para mim, ao imitar meu jeito de falar. — Mas ele tinha um primo incrível. Incrível e cheio de problemas. E esse primo... Ah, ele era foda. O mais foda. Como ele mesmo gosta de dizer foda, foda, foda. E ele tinha perdido tanto quanto o garoto. Ainda assim, ele o acolheu.

— Era o mínimo que eu podia fazer... — digo bem baixo, mais para mim do que para ele. Lucas entrar na minha vida também foi parte da minha salvação das drogas. Nem sei se ele tem noção disso.

— Não foi o mínimo. Foi muito. E, mesmo quando parecia que você não se importava, você se importava pra caralho — Lucas deixa de falar como se contasse uma história. — Aliás, esse é o seu problema, né? Você se importa pra caralho e isso te sufoca. Rafa, nada é pior do que as coisas que já passamos. Já estivemos no fundo do poço. E não tem essa de dizer que pode ficar pior.

— Sempre pode ficar, Lucas.

— Nós já estivemos no inferno, primo. E não vou te deixar viver pensando no pior. Eu vou te dizer como vai ser, ok? Vai ser difícil. Talvez insuportável. Mas se tem algo que aprendi com você é que nada é impossível. Você podia ter sido só mais uma estatística, Rafa. Podia ser mais um que se perdeu para as drogas. Então, não se entrega agora. — Ele bagunça meus cabelos, como se eu fosse o moleque aqui.

Absorvo o que ele disse. Não sei bem como lidar com a volta de Viviane e com o medo que sinto de ferrar com tudo outra vez, mas Lucas faz tudo parecer tão simples que uma esperança acende em meu peito.

Quero contar a ele que pedi Viviane em casamento, mas, se eu fizer isso, vou ter que dizer que tudo que pensei na hora foi em mantê-la em minha vida. Não refleti sobre o que implicaria ficarmos juntos e principalmente se seria bom para ela. Eu só a queria de volta.

Mas eu já fui o cara que falava antes de pensar, e não posso voltar a ser. Só deu merda ser assim.

— Não sei se eu já te disse isso, Lucas... Você que é foda. Não conheço ninguém melhor. Toda a sua dor, tudo o que passou te deixou ainda mais forte.

— Idem, Rafa. Não passei por essa dor sozinho. Não sou forte e nem melhor que você. É que eu penso na Pri, sabe? Nos meus pais e no meu irmão. Eu fiquei e eles não. Quero ser digno disso.

— Você é. Você está sempre pensando no que é melhor para os outros e em como deixar os outros mais felizes. É isso, né? Você quer fazer a diferença por quem perdemos. — Ele balança a cabeça, incapaz de falar. — E pensar assim te faz especial. Pra caralho.

— E você também.

— Ah...

— Cara, não fode. Eu sei que dá medo. Mas somos sobreviventes, primo. E caras como nós não se entregam. Se eu tivesse que apostar todas as minhas fichas em alguém, seria em você. Vai dar medo mesmo. E superar esse medo é o que vai mostrar para todo mundo, inclusive para você, o baita valor que você tem.

E ali, bem diante dos meus olhos, vi o garoto perdido que acolhi um dia se tornar um homem forte pra caralho. E, Deus sabe, isso quase me faz quase explodir de orgulho.

9
Viviane

> *Hey, brother*
> *Do you still believe in one another?*
> *Hey, sister*
> *Do you still believe in love? I wonder*
> *Oh, if the sky comes falling down, for you*
> *There's nothing in this world I wouldn't do.*
> — Avicci, "Hey Brother"*

O filme termina e mamãe está ressonando baixinho, com a cabeça apoiada no colo do Rodrigo.

Meu irmão se levanta devagar e coloca um dedo sobre os lábios, me pedindo para não fazer barulho. Depois ele se curva e pega nossa mãe no colo. Ela desperta rapidamente, mas volta a dormir.

Observo-o subir as escadas com ela em seus braços e me questiono sobre tudo o que perdi. Tenho um irmão forte o bastante para carregar nossa mãe e, pela reação dela, parece que ele a encontra dormindo na sala muitas vezes.

Deixar minha família para trás depois de perder o papai foi uma das decisões mais difíceis que precisei tomar. Refletindo agora, antes da viagem em si não pensei muito. Apenas me joguei no desconhecido, porque tudo o que eu conhecia havia se tornado doloroso demais.

---
* "Ei, irmão/ Você ainda acredita no outro?/ Ei, irmã/ Você ainda acredita no amor? Eu me pergunto/ Ah, se o céu estiver caindo, por você/ Não há nada neste mundo que eu não faria."

Os primeiros dias em Londres teriam sido insuportáveis se Bernardo não estivesse sempre comigo. Foi com o passar dos dias que percebi o quanto havia deixado para trás. Eu vivia na Inglaterra, mas meu coração estava no Brasil.

Não foi só o Rafael e minha família que eu tinha deixado aqui. Eu desisti de mim mesma.

Às vezes, não temos escolha: é recomeçar ou desabar.

Escolhi a primeira opção e, como em qualquer situação, lido com as consequências disso até hoje.

Quando chego ao meu quarto, Rodrigo está deitado na minha cama, olhando para as estrelinhas que um dia ajudamos papai a colar no teto.

— Mudou de quarto? — pergunto, me jogando na cama ao lado dele, que me envolve com o braço.

Ambos olhamos para as estrelas, perdidos em lembranças de dias que não voltam mais.

— É... Cansei de transar no meu quarto e agora trago mulheres pra cá — ele me provoca e recebe uma cotovelada por isso.

— Idiota! Te mato se fizer isso aqui.

Sua gargalhada preenche o cômodo. Acabo rindo também, porque sei que é mais uma das histórias dele. Afinal, mamãe me disse que ele nunca trouxe nenhuma garota para casa.

— E as namoradas, Rô? — Faço uma careta assim que a frase sai. — Nossa... Fiquei parecendo aquelas tias que nos encontram em eventos da família e vêm com essa pergunta fatídica.

— Pareceu mesmo. Tô de boa.

— Sei. Não tem ninguém?

— Ah, uma garota aqui, outra ali. Nada sério. — Seu tom de voz fica mais grave.

— E a Branca? — arrisco.

— Pelo que parece, tá pegando o Lex. — Ele tenta sair neutro, mas sei que isso ainda o machuca.

— E você está bem com isso?

— Tô de boa — ele repete, lacônico.

Esse é o meu irmão. Rodrigo nunca insiste em algo que acha que não pode mudar.

— Deve ser difícil ver quem a gente gosta com alguém.

— Já tenho vinte anos, Vivi. Não sou mais o moleque que ela gostava de atormentar. Nem sou mais apaixonado por ela nem nada — ele diz e eu duvido. — Tenho encarado a vida de uma forma mais desapegada. É melhor pra todo mundo.

Não respondo de imediato. Fisicamente falando, há pouco daquele moleque em Rodrigo. Ele encorpou muito nos dois anos que estive fora. Não tenho dúvidas de que, por fora, ele é um homem feito. Mas tenho um pouco de receio sobre como ele se sente por dentro.

— Desapego nunca foi e nunca vai ser bom para ninguém — respondo por fim, e ele se senta na cama, me olhando torto.

— E o Rafa, Viviane? — Pronto. Ele coloca um ponto-final no assunto que se refere a ele e volta a conversa para mim.

Eu podia insistir. Podia teimar e tentar forçá-lo a falar o que sente pela Branca. O problema é que ninguém força Rodrigo Villa a nada.

Diferentemente dele, eu não ligo de falar sobre sentimentos. Então respondo:

— Não sei, Rodrigo. — Eu me sento também. — Vocês me esconderam tudo sobre ele. Se eu soubesse, tudo podia ter sido diferente.

— Para, Vivi. Sério. Nada seria diferente. Você e o Rafa são como fogo e gasolina. Não tem essa de ser diferente. Se soubesse, você ia ficar cheia de dedos. Ele ia perceber e ficar puto. Você é minha irmã e eu te amo pra cacete, mas o Rafa é o cara com problemas aqui. E você me conhece, eu protejo quem deve ser protegido. Você é forte. Já o Rafa... ah, ele se faz de forte.

— Ele ficaria muito bravo se te ouvisse falando assim... — comento, sem conter um sorriso, por ver que os laços entre Rodrigo e Rafael se estreitaram ainda mais depois que parti. Ao mesmo tempo me pergunto se Rodrigo percebe que está se tornando muito parecido com o Rafael no que se refere a esconder sentimentos.

— Ele fica puto comigo pelo menos uma vez por dia — dá de ombros. — Normal.

— O que acha que eu tenho que fazer?

— Sei lá. Sou o cara que tá tentando viver o desapego, lembra? E você é a garota que quer viver o grande amor. — Ele abre os braços como se desenhasse um quadro à nossa frente. — Vejo "dilema" piscando em néon.

Suspiro e me jogo na cama outra vez, seguida por ele.

— Isso de desapego não vai funcionar.

— Espera pra ver.

— Você só vai se machucar.

— É exatamente o oposto disso. Tô me tornando autoimune a essa encrenca chamada amor.

Suspiro, enrolando uma mecha de cabelos nos dedos.

— Se alguém me dissesse ontem que o Rafa e eu ficaríamos hoje, eu ia rir. Pra mim, era impossível. Sei o que sinto e está claro que ele ainda sente o mesmo, mas não dá para a gente se jogar no olho do furacão sem pensar, mais uma vez. — Minha voz soa baixa e me sinto triste. — Eu queria ter a certeza de que não vou sofrer tudo de novo com o Rafa.

— Que certezas temos na vida, Vivi? Um dia a gente tá vivo e no outro, morto. — Ainda deitado, Rodrigo procura minha mão e a segura, tentando me confortar. Às vezes ele é direto demais. — O que fazemos entre uma coisa e outra é o que conta. Eu disse agorinha que você era forte, mas sei que isso não significa que deva aguentar tudo. No fundo, você sabe o que quer. O medo te faz querer certezas, mas você nunca foi a garota que vivia de certezas, Vivi. Você se joga. E, se dá medo, você se joga mesmo assim. Se essa não fosse você, nem estaríamos tendo esta conversa porque você e o Rafa nem teriam se envolvido da primeira vez. Eu não tenho todas as respostas, nem você. Cada um de nós vive a vida da melhor forma possível. Você precisa descobrir o que quer e enfrentar isso. No meu caso, autoimunidade é o caminho.

Não digo mais nenhuma palavra. Por mais que não concorde, não há nada que eu possa fazer agora. Meu irmão está decidido de que esse é o melhor caminho. Tudo que posso fazer é estar presente quando ele precisar de mim.

No fim, cada um é responsável pelas escolhas do próprio coração.

10
RAFAEL

Minha mente
Nem sempre tão lúcida
É fértil e me deu a voz
Minha mente
Nem sempre tão lúcida
Fez ela se afastar
Mas ela vai voltar...
— Charlie Brown Jr., "Ela vai voltar"

DEPOIS DA CONVERSA com Lucas, fiz uma fritada para comermos e fomos dormir.

Acordo perto do meio-dia e encontro meu primo debruçado sobre vários livros na mesa da sala.

— Semana que vem é semana de provas — ele explica, levantando a caneca cheia de café. — Tem café fresco na cafeteira e bolo de fubá cremoso no forno.

— Você fez bolo?

— Fiz. Gosto de cozinhar quando estou tenso, você sabe.

— Ãhã... E tá tenso por quê?

— Provas, Rafa. Não por sua causa. Vai desenvolver um complexo de umbigo do mundo agora? — Lucas abre as mãos e ergue as sobrancelhas.

— Tá certo. Não vou, não.

— Ótimo. Você sabe como é. O vô Fernando conta comigo.

É assim que ele se refere ao avô da Viviane. O velho praticamente adotou meu primo. É como se ele fizesse do Lucas o que gostaria que o Rodrigo fosse. Mas o moleque do neto dele não quer nada com nada nessa vida, e estudar passa longe do que ele tem em mente. Ironicamente, ele tem ideias geniais e é um bom empreendedor, mesmo sendo tão novo. A nossa balada é um belo exemplo disso. Está indo tão bem que temos pensado em abrir outra no Rio de Janeiro.

Lucas trabalha na agência de publicidade da família Villa. Além do salário, o avô fez questão de pagar a faculdade para ele. O resultado é esse: meu primo se cobrando mais do que qualquer um.

Não que isso seja ruim. Ele está se tornando um cara ainda melhor. E gosta pra caralho do que está fazendo, então quem sou eu para reclamar?

— É, eu sei. Mas vai na manha. Não precisa se matar de estudar.

— Ninguém morre de estudar, primo. Logo mais vou sair.

— Em vez de estudar? — Isso é uma surpresa e tanto.

— Não — ele sorri. — Vou encontrar um pessoal para estudarmos juntos.

Dou de ombros. Tomo café e como um pedaço de bolo.

Nos últimos meses, Lucas tem ficado ainda melhor na cozinha. Passo a mão no abdômen sob a camiseta. Ainda bem que eu malho, ou estaria fodido.

Vou tomar um banho e quando saio do banheiro, Lucas já está pronto para sair.

Sento no sofá, pensando em ligar para o Lex. O celular dele só dá caixa postal, então decido tocar um pouco em casa mesmo.

Pego o violão e me sento outra vez, dedilhando alguns acordes.

Nem penso muito, deixo que a música decida sair.

"Kryptonite", do Three Doors Down, escapa dos meus lábios e é inevitável pensar na noite anterior, quando cantei "Here Without You" para Viviane.

Sussuro as primeiras estrofes, de olhos fechados:

*I took a walk around the world
To ease my troubled mind
I left my body laying somewhere
In the sands of time.*

*I watched the world float
To the dark side of the moon
I feel there is nothing I can do, yeah.*

*I watched the world float
To the dark side of the moon
After all I knew it had to be
Something to do with you.*

*I really don't mind what happens now and then
As long as you'll be my friend at the end...* *

Absorvo a letra, pensando em mim e em Viviane. Em tudo que enfrentamos juntos. Conhecemos a força e a fraqueza um do outro. Será suficiente para recomeçar?

Ouço a porta da frente abrir devagar e penso que Lucas pode ter esquecido algo. Estou tão entretido com a música que apenas abro os olhos quando sinto o perfume de Viviane.

Ela está parada, me olhando com a mão no peito. A cena é bem semelhante com a noite anterior, mas não parece que ela vai correr agora.

Entre parar de cantar e continuar, eu continuo.

Talvez a música possa dizer tudo o que não estou conseguindo externar em palavras.

---

* "Eu dei uma volta pelo mundo/ Para acalmar minha mente perturbada/ Eu deixei meu corpo jazendo em algum lugar/ Nas areias do tempo.// Eu vi o mundo flutuar/ Para o lado escuro da lua/ Eu sinto que não há nada que eu possa fazer, é.// Eu vi o mundo flutuar/ Para o lado escuro da lua/ Depois de tudo eu sabia/ Que isso tinha algo a ver com você.// Eu não me importo com o que acontece de vez em quando/ Contanto que você seja minha amiga no fim..."

11
Viviane

> *Você me quer e eu te quero também,*
> *Mas o medo de errar nos afasta*
> *Fechar os olhos não adianta, eu sei*
> *Então saiba que eu vou estar sempre ali*
> *No seu coração.*
> — Aliados, "No seu coração"

Depois de passar a noite em claro, vim parar na porta do prédio do Rafael. Como isso aconteceu? Só Deus sabe.

O endereço estava no meu criado-mudo, escrito em um papel com a letra do Rodrigo. O bilhete ainda dizia:

Apega ou desapega?

Agora confirmo o número no bilhete e decido se toco ou não o interfone.

— Sabia que você viria — Lucas diz à minha frente e me assusta.

Meu coração dispara por motivos diversos, mas o maior é por estar perto de ver Rafael.

— Ele... — começo e não concluo.

— Está lá em cima — responde Lucas, e pega o bilhete da minha mão. — Então o Rodrigo fez a parte dele.

— Isso é um plano de vocês — constato, apertando a alça da bolsa e ajeitando meu vestido. Preciso muito me concentrar em alguma coisa.

— Não é bem um plano. Colocamos as cartas na sua mão e você decide como jogar.

— Como ele está?

— Bem. Aparentemente. — Lucas acaricia meu ombro. — Não é nada de outro mundo, Vivi. Ontem nós nos assustamos porque não sabíamos como lidar com a situação na sua frente. O Rafa tem dificuldade em aceitar ajuda médica, mas eu acho que você vai ser uma boa aliada nesse sentido.

Observo atentamente cada gesto de Lucas. Assim como Rodrigo, ele se tornou um homem, mas, um pouco diferente do meu irmão, Lucas parece muito maduro. Mais uma vez, ele se sente responsável por Rafael. Não é algo que ele diga ou que um dia vá assumir, mas é quase como se, para Lucas estar bem, Rafael tivesse de estar também.

Eu posso sentir o peso que ele coloca em mim. Não de propósito, claro. Mas ele espera que eu possa chegar até Rafael novamente. E eu quero isso, mas é um filme que já assistimos: ninguém pode salvar outra pessoa.

— Acha que vai fazer bem para ele me ver?

Lucas aperta os lábios e seu olhar se distancia por alguns segundos, concentrado nos carros que passam pela rua. Depois, ele volta a me fitar.

— Vocês dois são complicados, Vivi. Quando eu era moleque, eu acreditava que o amor era bem simples. Aí vi vocês passarem por tudo aquilo e... — Ele inspira e expira profundamente. — Cheguei a pensar se era para ser, sabe? Não é possível que o amor cause tanta dor assim. Ao mesmo tempo, acho que o sentimento de vocês só resistiu a tudo aquilo por ser verdadeiro.

Olho para o alto do prédio, imaginando Rafael lá dentro, sem saber que estou tão perto.

— No momento, estou entre dois caminhos: ficar e virar as costas.

— Você se imagina fazendo isso? Virando as costas e seguindo a vida? — Ele aponta para atrás de mim.

— Não.

— Acho que esse seu segundo caminho aí é uma ilusão, então.

— Quando ficou tão esperto, Lucas? — Sorrio.

— Ah, eu sempre fui. Só não demonstro muito para poupar o Rodrigo da vergonha de ser o único moleque dessa família.

Rio alto. Apesar da brincadeira, sei que há um fundinho de verdade nela. Lucas protege Rodrigo tanto quanto protege Rafael. Cuidar de quem ele ama é uma das suas características mais fortes.

E, como se lesse minha mente, Lucas aperta minha mão, tira a chave do bolso da mochila e me entrega.

— Vai lá. — Ele beija meu rosto carinhosamente e segue seu caminho, sem olhar para trás.

Saio do elevador no andar de Rafael e me aproximo da porta. Posso ouvir os acordes do violão.

— Ah, Deus... — murmuro. Como resistir a isso?

Abro a porta e a fecho devagar. Não demoro a avistar Rafael sentado no sofá, tocando de olhos fechados.

Meu coração bate tão forte que não sei como ele não me escuta. Passo os olhos pela sala que eu ainda não conhecia, mas não perco tempo observando nada. Tudo o que preciso ver, e que capta a minha atenção, é Rafael.

Ele está vestindo uma bermuda preta e camiseta azul-clara com uma guitarra estampada. Está descalço. Parece tão relaxado.

Sua voz preenche o ambiente e acaricia meu coração. Eu tenho muitas feridas pelo nosso passado, não nego. Mas estar tão perto, ouvi-lo e sentir sua presença é como um bálsamo.

Rafael é a pessoa que mais me machucou e a que mais me fez feliz. Meu dilema pessoal.

Caminho devagar até parar em frente a ele. O modo como expira e inspira profundamente o entrega. Ele sabe que estou aqui.

Abrindo os olhos devagar, Rafael pisca algumas vezes, como se quisesse ter certeza de que estou em sua frente.

Ele não para de cantar. E, conforme as palavras saem de sua boca, sei que quer me passar uma mensagem.

If I go crazy then will you still
Call me Superman?
If I'm alive and well, will you be
There holding my hand?
I'll keep you by my side
With my superhuman might
Kryptonite. *

Eu ajeito meu vestido branco para me agachar diante dele. Seu sorriso não passa despercebido. O tempo mudou, mas ainda continuo a ser a garota que gosta de saia curta.

Toco seu joelho e nossos olhares se perdem um no outro.

— Você veio... — Rafael diz baixinho, em seu tom de voz quase rouco, tomado pela emoção, que passei a amar.

— Não tive outra escolha.

— Precisamos conversar. — Ele coloca o violão de lado.

— Precisamos.

Rafael aperta os lábios levemente e a ponta dos nossos dedos se tocam. A eletricidade que percorre nossos corpos nos conecta como um campo magnético.

— Temos que ir com calma. — Ele aperta minha mão. — Como você tinha dito.

— É... — Lembro de ter dito isso, mas as palavras se perdem diante do seu toque.

Suas mãos descem por meus braços, me segurando. Seus olhos não se desviam dos meus.

— Conversamos depois, certo? — ele engole em seco, mal conseguindo se conter.

— Certo..

---

* "Se eu enlouquecer/ você ainda vai me chamar de Super-Homem?/ Se estiver vivo e bem/ você estará lá segurando a minha mão?/ Eu vou manter você ao meu lado/ com meu poder sobre-humano/ Kryptonita."

Em segundos, Rafael me coloca em seu colo. Ajeito minhas pernas, me sentando sobre ele, enquanto seus lábios desesperados procuram os meus.

Seguro seus ombros, puxando-os mais para mim. Estamos tão próximos e ainda parece que não é o suficiente.

Ele enrosca a mão em meus cabelos e me puxa para ele, feroz. A urgência que nos toma é ainda mais intensa que na noite passada.

Ontem foi no susto, no desespero. Por mais desesperados que ainda estejamos, agora o sangue continua fervendo em nossas veias, mas a intensidade é diferente. É como se nosso corpo quisesse convencer nossa alma de que não nascemos para ficar separados.

Agarro a barra da camiseta e a puxo para cima. O brilho de prazer nos olhos de Rafael se intensifica. Ele sorri, permitindo que eu a tire e a jogue do outro lado da sala.

— Porra! Porra! Porra! — ele sussurra entre os beijos e dessa vez sou eu que sorrio, sem me afastar.

É o meu Rafa e não há outro lugar em que eu queira estar.

12
RAFAEL

If I'm a pagan of the good times
My lover's the sunlight
To keep the goddess on my side
She demands a sacrifice.
— Hozier, "Take Me to Church"*

QUALQUER CAPACIDADE DE raciocínio se perde quando nossas bocas se encontram.

Juro que eu queria conversar e tentar resolver nossa situação, mas, porra, porra, porra! Como conversar quando nossos corpos se atraem de forma incontrolável?

Se nem Viviane consegue se conter, o que dizer de mim, que não sou nada mais que um impulso impensado?

Seus dedos acariciam minha nuca lentamente. Eles estão frios, talvez tomados pelo receio acerca do que fazemos e para onde iremos.

Encaixo as mãos em sua bunda e a ajeito sobre meu colo, aumentando ao máximo o contato.

Meus dedos correm por sua pele, procurando a barra do vestido e me aventurando em suas coxas até sentir o tecido delicado da calcinha.

— Rafa... — Vivi murmura e acaricia minha barba, me olhando em nos olhos. Prendo a respiração. Se ela pedir, vou parar, mas, Deus, por favor, que ela não peça...

---

* "Se sou um pagão dos bons tempos/ Minha amante é a luz do sol/ E para manter a deusa ao meu lado/ Ela exige um sacrifício."

Eu a encaro, sem conseguir dizer uma única palavra. Me perco nos detalhes do seu rosto. Os olhos verdes em um tom bem escuro, os cílios longos, que sobem e descem enquanto ela pondera.

Viviane morde o lábio inferior, e em minha mente comparo a mulher de hoje com a menina de dois anos atrás. Não tenho dúvida de que há muito mais mudanças do que o corte de cabelo moderno e os reflexos dourados que os deixam mais claros.

Ela não diz mais nada, mas se afasta um pouco e baixa o olhar para o meu peito, finalmente percebendo que há uma nova tatuagem ali.

Admirada, ela a toca com a ponta dos dedos, como se a tinta preta pudesse sair como mágica ao seu toque.

— Mas o que...? — sussurra. Os lábios sorriem e os olhos se estreitam enquanto ela encara o símbolo do anel de Claddagh, que eu lhe dei de presente no único aniversário que passamos juntos, há quase três anos: o coração com a coroa e as duas mãos o segurando. O símbolo se perde em meio a uma infinidade de ramos de espinhos negros.

Viviane aperta os lábios e passa a ponta do indicador pelas letras dentro do coração que compõem seu nome.

— Eu fiz quando saí... — me refiro à reabilitação.

— Você tatuou meu nome no peito? Dentro do...

— Nosso símbolo — completo a frase por ela. — Sim. Eu só externei algo que já estava tatuado no meu coração. Deixei para todo mundo ver o que não consigo tirar de mim.

— E os espinhos? — Ela franze a testa ao ver o caminho de espinhos que percorre quase todo o meu peito e sobe até a base do pescoço. — São muitos.

— Amar não é bem uma flor... — Minha voz sai mais rouca que o normal.

— Não é, mas...

Sei que tantas ramificações a assustam. Ela entende que me sinto exatamente assim, com o coração perdido entre espinhos.

Essa tatuagem, que encaro todos os dias no espelho, durante muito tempo foi quase uma penitência, a lembrança do que eu jamais teria outra vez.

Mesmo agora ela representa muito mais do que eu conseguiria dizer.

— Eu não estou assustada pelos espinhos, Rafa. — Viviane a acaricia e volta a me olhar, pensativa. Daria tudo para descobrir o que se passa em seus pensamentos tanto quanto ela daria tudo para descobrir o que se passa nos meus.

Quando penso que Viviane vai me afastar, ela coloca a mão em seu pescoço e puxa uma correntinha de dentro do vestido. Na ponta está o anel que lhe dei, pendendo de um lado para o outro.

— Ele está sempre comigo — ela conta, e agora sou eu que não consigo expressar o que estou sentindo.

Nós nos olhamos por alguns segundos, cientes do que representamos um para o outro.

A eletricidade corre solta no ar. Nossa respiração está acelerada, e não sei se nossa mente é capaz de acompanhar o que estamos vivendo.

As lágrimas que eu continha escorrem pelo meu rosto. Não são muitas, porém são suficientes para que eu me sinta desprotegido. Toda a minha fragilidade está exposta.

Viviane pisca rapidamente e suas lágrimas também escapam. É quase como se estivéssemos transbordando e nosso excesso se misturasse um ao outro.

Devagar, ela solta a correntinha, desliza os dedos pela minha tatuagem e, em seguida, toca meu pescoço. Um sorriso doce marca seu rosto antes que ela volte a me beijar devagar.

Não precisamos de palavras. É amor, porra. É amor, é amor, é amor!

13
Viviane

> *We're a perfect match, perfect somehow*
> *We were meant for one another*
> *Come a little closer*
> *Flame that came from me*
> *Fire meet gasoline*
> *Fire meet gasoline*
> *I'm burning alive*
> *I can barely breathe*
> *When you're here loving me.*
> — Sia, "Fire Meet Gasoline"*

Beijo os lábios de Rafael sem fechar os olhos. Quero encontrar neles algo que me faça acreditar que dessa vez vai ser diferente.

O azul límpido de seus olhos não esconde nada de mim. Posso ver através deles, posso me ver refletida neles, dentro deles. Estou perdida no meio de sua batalha interior, e ele, na minha.

Os beijos se intensificam rapidamente. Suas mãos buscam meus seios.

Com um gemido, inclino o corpo para trás enquanto Rafael passeia por minha pele, até alcançar a barra do vestido e me libertar dele.

Sua boca desce pelo meu pescoço, feroz. Suas mãos arrancam meu sutiã com urgência. Seu olhar não me deixa, me devora.

---

* "Somos uma combinação perfeita, perfeita de alguma forma/ Fomos feitos um para o outro/ Chegue um pouco mais perto/ Chama que veio de mim/ Fogo encontra gasolina/ Fogo encontra gasolina/ Estou queimando viva/ Mal posso respirar/ Quando você está aqui me amando."

Quando Rafael suga um dos meus seios, sinto que derreto em seus lábios. Ele percebe meu torpor e me agarra com firmeza, se erguendo e me levando com ele.

Enrosco as pernas em sua cintura e ele caminha comigo até o quarto. Trombamos com a porta fechada e nos beijamos mais, incapazes de interromper o contato. Afundo minhas unhas em suas costas, e ele sussurra palavras desconexas em meu ouvido.

Não sei como ele abriu a passagem; pouco vejo além do homem que amo, mas sei que entramos porque sinto o colchão às minhas costas e observo Rafael tirar a bermuda e a cueca.

Ele se deita sobre mim e arranca minha calcinha. Estende a mão e puxa a gaveta do criado-mudo, derrubando-a no chão depois de alcançar uma camisinha. Estamos desesperados para nos sentir um no outro.

Então sua língua toca o interior das minhas pernas, conforme ele me puxa pelo quadril para me ter o mais próximo possível.

É uma busca selvagem que alterna entre me dar prazer e me devorar. Rafael quase me leva ao clímax rapidamente, e, como me conhece como ninguém, se detém quando penso que não serei mais capaz de resistir. Ele cobre meu corpo com o dele outra vez.

— Quero sentir você gozando comigo — ele sussurra entre beijos, ao se posicionar entre minhas pernas. — Preciso disso.

Entendo o pedido, porque sinto o mesmo. Preciso dele em mim. Preciso gozar com ele e sentir nossos corpos se dissolverem um no outro. Preciso saber que é real. Preciso me conectar a ele de um jeito que a vida pare de nos separar. Preciso que os laços de nossa alma sejam maiores que os receios de nossa mente.

Saber do que Rafael precisa sempre foi fácil para mim. Não sei explicar como e de onde vem a certeza, mas sou capaz de adivinhar cada um de seus temores mais ocultos, mesmo quando não os compreendo e quando não faço ideia de como ajudá-lo.

Rafael entra em mim sem desviar o olhar do meu. O gemido que deixa escapar traduz o que sentimos melhor que mil palavras. Ele está em casa. Nós dois estamos.

Ele aumenta o ritmo e eu o acompanho, o prazer se intensificando a cada movimento.

Há um mundo inteiro dentro dos olhos de Rafael. Dor, amor, medo, culpa. É como se uma caixa de Pandora se abrisse diante de mim. Procuro pela esperança e conto com ela para nos salvar.

Uma vez, achei que poderia salvar Rafael e falhei, porque não dependia de mim. Mais uma vez, estamos diante de uma situação em que nada posso fazer sozinha. Espero que o tempo que passamos separados e a saudade que sentimos sejam fortes o suficiente para fazê-lo lutar por nós e me mostrar que isso vale a pena.

Essa nossa incapacidade de resistir um ao outro vai muito além do sexo. É como se nossa alma precisasse disso para se sentir viva. Separados apenas sobrevivemos. Juntos, vivemos em plenitude.

Quando a combustão finalmente nos envolve, Rafael se perde em mim com a mesma intensidade que me encontro nele.

14
RAFAEL

> *One more kiss could be the best thing*
> *One more lie could be the worst*
> *And all these thoughts are never resting*
> *And you're not something I deserve*
> *In my head there's only you now*
> *This world falls on me*
> *In this world there's real and make believe*
> *This seems real to me.*
> — Three Doors Down, "Let Me Go"*

ENTREABRO OS OLHOS devagar. O quarto está imerso numa penumbra gostosa. Viviane está deitada de costas para mim, ressonando baixinho, enquanto a envolvo em meus braços. Nossos dedos estão entrelaçados.

Nem lembro quando peguei no sono. O pouco de luz vem da lua cheia e entra no cômodo pelas frestas da janela. Provavelmente é madrugada.

Viviane e eu não conversamos, não comemos nem bebemos. Nós nos alimentamos de nós mesmos. Transamos pra caralho, até desabarmos exaustos.

---

* "Mais um beijo poderia ser a melhor coisa/ Uma mentira a mais poderia ser a pior/ E todos esses pensamentos nunca descansam/ E você não é algo que mereço/ Na minha cabeça só existe você agora/ Este mundo cai sobre mim/ Neste mundo existe o real e o faz de conta/ Isto parece real para mim."

Agora, estando tão próximo que nossos perfumes se misturam, me sinto livre de qualquer ansiedade. Há uma calmaria diferente. Como se toda minha energia ruim tivesse sido drenada e recarregada por Viviane.

Estou tão em paz que não me reconheço. Só Deus sabe quando a senti completamente pela última vez. Nah, eu sei.

Senti paz em todas as vezes que fiquei com Viviane. Até quando eu estava drogado e acabamos transando.

Há algo nela que se conecta às minhas células, fazendo com que meu corpo inteiro reaja. Ela pode incendiar meu corpo em segundos e acalmá-lo na mesma proporção.

Tenho ido bem depois da reabilitação, mas paz não é algo que posso dizer ter sentido. Demorei muito para aprender a controlar a angústia que me acompanha desde que meu pai foi assassinado; angústia que só foi aumentando depois da morte da minha irmã e da minha mãe. Sem contar meus tios e primo. Foi foda. É foda ainda. Foda pra caralho.

A terapia me ajudou bem a lidar com a morte. O problema agora é lidar com todas as merdas que fiz por não saber como lidar com a dor. E nem sei se vou aprender a lidar com essa porra de dor um dia.

Dá para viver um dia depois do outro, me concentrando nos afazeres diários e me forçando a não pensar em nada que possa me ferir.

Tem funcionado, apesar das recaídas.

O problema é lidar com tudo isso com ela por perto.

Acho que a grande ironia está aí: o que me salva é o que me mata. Viviane.

Mesmo indo bem, todas as vezes que estive perto de me perder de novo foi por causa dela. Não, não é justo dizer que a culpa é dela. A culpa é da minha fraqueza. E, infelizmente, tem a ver com ela.

Ainda lembro o dia em que quase coloquei tudo a perder, quando fazia uns três meses que eu tinha saído da clínica.

Lex e eu estávamos ensaiando com os caras na balada. Às vezes tocamos lá. Mesmo sendo os donos do lugar, a música é nossa prioridade. Tocar me reconecta comigo mesmo.

Branca apareceu por lá com umas amigas e ficaram conversando de boa. No intervalo, passei para ir ao banheiro e ela estava de costas.

Minha intenção era dar um susto em Branca. Ela odeia quando faço isso, o que acaba me incentivando a fazer mais vezes.

O problema é que quem tomou o susto fui eu. Ela estava mostrando algumas fotos no celular e me aproximei bem no maldito momento em que a imagem de Bernardo abraçando Viviane por trás surgiu na tela.

— Merda — deixei escapar, e a Branca deu um pulo, se assustando de qualquer forma.

— Caralho, Rafa! Já falei que odeio isso. — Branca me deu um tapa no ombro, e peguei o celular de sua mão antes que ela percebesse o que eu estava fazendo.

Nunca fui esse tipo de cara, mas era a Vivi, porra. Eu tinha que saber.

Ergui o aparelho e passei as imagens rapidamente, enquanto Branca pulava no lugar para poder pegá-lo de volta.

Observando a zona, Lex se aproximou quando devolvi o celular.

— O que tá pegando? — meu amigo perguntou com aquela cara de quem sabe que há algo errado e está meio preocupado em descobrir a razão.

Branca abriu a boca e acho que ia sair um "pergunta pra esse animal" dali, mas ela se conteve. E foi justamente esse silêncio que me fez suspeitar que Viviane e Bernardo tinham alguma coisa.

— Não tem nada a ver, Rafa — Branca disse com a voz branda, mas foi incapaz de me convencer.

— Beleza — respondi e virei as costas. Não ia discutir o que estava sentindo com ela, ainda mais na frente das amigas que ela trouxe.

Nem Lex me fez falar. Saí e fui fazer recontagem do estoque. Precisava ocupar a mente.

A balada abriu uma hora depois.

Não era meu dia de trabalho. Fiquei porque, se eu fosse para casa, o bicho ia pegar. Aprendi que preciso manter meus pensamentos ocupados quando estou perto de me afogar em lembranças ruins.

Lucas e Rodrigo apareceram um tempo depois e continuei na minha. Esse negócio me irrita pra caralho. Desde que saí da clínica, eles pisam em ovos comigo. Qualquer alteração no meu humor é motivo para vigilância. Mas toda vez que falei sobre isso, todo mundo negou.

Bem, naquele dia, pelo menos, eles estavam certos.

Depois de circular um pouco pelo salão, fui para o escritório. Eu andava de um lado para o outro, como se me manter em movimento pudesse trazer a calma de volta. Mas não teve calma nesse dia. Ela foi parar na casa do caralho, sei lá.

De todos os lugares para onde Viviane podia ter ido, por que ir bem aonde estava o filho da puta do amigo perfeitinho?

Era muita ironia do destino. A raiva queria sair e chutei a porta. Naquele dia, resolvi comprar um saco de boxe para pendurar no escritório. Tem horas em que preciso extravasar, e isso me ajuda pra caralho.

Eu estava errado em pensar aquelas merdas sobre o Bernardo e sabia disso. Se eles estavam juntos, a culpa era minha. Não dele. Ele era um cara legal. O filho da puta era eu.

Então a agonia foi crescendo a uma velocidade espantosa, e, quando vi uma garrafa de vodca importada que um dos fornecedores dera de presente ao Rodrigo, eu a peguei na hora.

Passei a mão pelos cabelos, desejando que fosse simples esquecer. Querendo, mais do que tudo, que alguns goles a arrancassem de mim.

Abri a garrafa. O aroma da bebida evocou mais memórias do que eu podia suportar. Para alguém como eu, o álcool é uma anestesia. Era tomar e esperar o torpor me arrancar dos meus problemas.

Era um dilema, mas, mesmo naquele momento, eu não conseguia me enganar. A dor seria só uma desculpa para voltar a beber depois de um ano e três meses longe de tudo.

Me lembrei do tempo em que passei drogado durante meu relacionamento com a Viviane e de como me enganava achando que ficar chapado me faria esquecê-la.

Pensei nela com Bernardo e, dividido entre perder e continuar, arremessei a garrafa contra a parede no mesmo instante em que Rodrigo abriu a porta do escritório.

Um dos cacos ricochetou na parede e atingiu meu braço, que começou a sangrar.

— Puta merda! — Rodrigo exclamou, se aproximando.

— Eu compro outra pra você, moleque. — Tentei afastá-lo com a mão, mas ele já tirava a camiseta e pressionava o corte que jorrava sangue.

— Foda-se a garrafa, cara. A gente tem que ir para o hospital. Você tá bem? — ele apertou os lábios, ciente da merda que perguntou. — Tudo bem, vou reformular: Como você tá?

— Como se a porra de um trator tivesse passado por cima do meu coração — respondi, observando minha mão suja de sangue.

— Eles não estão juntos, Rafa — ele disse, olhando sério para mim, e deduzi que a Branca tivesse contado para ele.

— Eu sei o que vi. E não quero falar disso — fui taxativo. Às vezes dava saudade da época em que ninguém queria saber como eu estava o tempo todo.

— Meu, falo com os dois todo santo dia. Para de cisma idiota — ele respondeu, e logo em seguida fomos para o hospital.

Levei oito pontos naquele dia e fiquei com uma cicatriz no braço esquerdo, bem ao lado da tatuagem da minha guitarra que eu tinha feito havia um mês.

Com base em tudo o que vivemos, sei que, se Bernardo e Viviane estivessem juntos, eles não contariam a ninguém no início. Essa família faz uma fofoca dos infernos por qualquer merda. Imagina o que fariam com algo assim.

O tempo passou, e, depois de ver a intimidade que há entre Bernardo e Viviane ontem, nada vai me convencer de que não ficaram juntos. Tudo bem, eu também fiquei com outras mulheres nesse tempo. Não virei a porra de um eunuco ou algo assim. Mas sexo casual é diferente de ter um relacionamento com o melhor amigo certinho. Nunca cheguei nem perto de me conectar a mulher nenhuma depois dela. Entrei oco e saí oco de cada uma delas.

E eu sei que sempre fui o cara que se garante e tá pouco se fodendo para a concorrência, mas, quando se luta contra os próprios demônios, é foda manter a calma.

Eu estou todo estragado nesse sentido.

Perder a Viviane acabou comigo.

Agora ela voltou e toda vez que nos vemos transamos.

Uma vez constatei que não era bom para ela, mas que isso estava escrito na minha testa e que cabia a ela decidir ou não. Eu fui moleque. Tinha muito mais sob a superfície do que na minha testa.

Mesmo que nem eu admitisse naquela época. Era fácil me colocar como o cara "superfoda" que todas queriam e não pensar em mais nada.

Viviane abalou meu mundo inteiro e eu só fodi com a vida dela.

Não posso deixá-la começar tudo de novo, sabendo que posso machucá-la outra vez.

15
Viviane

> *But I will go down with this ship*
> *And I won't put my hands up and surrender*
> *There will be no white flag above my door*
> *I'm in love and always will be.*
> — Dido, "White Flag"*

Abro os olhos e, por um segundo, não reconheço onde estou. Sento-me de sobressalto na cama. É dia e estou sozinha.

Não ter dormido nada depois de rever Rafael na balada me fez desmaiar e apagar a noite inteira.

As lembranças do dia anterior retornam à minha mente e o quadro do Johnny Cash na parede me tira um sorriso largo. Deito-me outra vez na cama e me espreguiço.

Ouço Rafael cantarolando "Papo reto", do Charlie Brown Jr. Não sei por que ele não está aqui na cama comigo.

Levanto e caminho pelo quarto, observando tudo ao redor. A guitarra, o quadro do Johnny Cash e os livros do Stephen King me lembram dos velhos tempos. Sobre a escrivaninha no canto estão algumas partituras de música com trechos escritos. Reconheço a letra do Rafa.

Apanhando uma delas, olho o mural de fotos na parede e me surpreendo ao me reconhecer nele. Há muitas fotos nossas. Rafael esteve estagnado no tempo tanto quanto eu.

---

* "Mas eu vou afundar com este navio/ E não vou colocar minhas mãos para cima e me render/ Não haverá bandeira branca em cima da minha porta/ Estou apaixonada e sempre estarei."

Recolocando a folha no lugar, saio do quarto e não o vejo. Pelo som de sua voz, imagino que esteja na cozinha. Pego minhas roupas e vou para o banheiro. Preciso de um banho antes de conversarmos.

No armário sob a pia encontro uma toalha limpa. Rafael ainda é o mesmo cara organizadinho.

Antes de ligar o chuveiro, confiro as mensagens no celular. Há uma porção delas e três ligações perdidas do Bernardo.

> E aí, resolveu saporra?!

A mensagem de Branca me faz rir.

> Tô tentando.

Respondo, e outra mensagem dela chega rapidinho.

> Pega esse homem de jeito, gata.
> Você conhece minhas histórias.
> É hora de usar tudo.

> Hahaha. Ok, como se eu não soubesse o q estou fazendo.

> Vc tá enferrujada.
> Ou não, né?
> Nunca soube o que rolou ou não em Londres.

> Nem vou responder.

> Já respondeu. Mas vai lá com o mestre da paudurecência que eu vou usar meus poderes malignos do sexo agora.

Contenho uma risada alta, não querendo chamar a atenção do Rafa.

Envio uma mensagem para minha mãe, avisando que estou bem e que mais tarde irei para casa.

Por último, leio as mensagens de Bernardo. São duas e ambas preocupadas.

> Bê, passei a noite no Rafa. Tô bem. Beijo

Assim como Branca, ele responde em seguida.

> Tá bem mesmo?

> Tô sim.

> Conversaram?

> Ainda não.

> Hehehe
> Falo nada.

Um arrepio percorre meu corpo ao me lembrar de tudo o que compartilhamos.

> Pois é. Não me pergunte como começou.

> Ah, eu imagino. Faíscas e mais faíscas.

> É...
> Você tá bem? Por que me ligou?

Bernardo me ligar uma vez era normal. Afinal de contas, muita coisa aconteceu, e ele viu meu estado ontem. Mas três ligações perdidas não é comum. Ele sempre me espera retornar.

> Tô. Quando vc estiver livre, a gente conversa.

Quero ligar para ele. Nada me tira a impressão de que ele não está bem, mas não adianta perguntar agora.

> Ok. Te ligo assim que sair daqui, tá? Fica bem.

> Vou ficar.

Abro o box, depois volto e mando outra mensagem:

> Te amo, Bê.

Ao que ele responde prontamente:

> Também te amo, Vi.

É incrível, mas hoje Bernardo é essencial para mim. Não consigo nem pensar em uma vida sem ele.

Eu não saberia dizer quando é que ficamos tão dependentes um do outro.

Reflexiva, coloco o celular sobre a pia e entro no banho.

Quando saio do banheiro, o aroma de comida está por todo o apartamento.

Entro na cozinha e me aproximo para dar um beijo no rosto de Rafael. Ele toca minha cintura, mas não me olha.

Na mesa tem comida para um batalhão, e, percebendo meu espanto, ele diz:

— Não sei se você ainda come as mesmas coisas, mas eu acordei com uma fome do caralho.

Sorrio. Deve parecer absurdo, mas amo o jeito desbocado do Rafa. É tão ele.

— Ando numa fase mais saudável. O Bernardo é todo fitness, e, convivendo com ele, me acostumei. Mas sempre que posso dou uma escapadinha — respondo, puxando a cadeira. Rafael está de costas para mim, abrindo a geladeira, e permanece assim por um tempo. — Você precisa de ajuda? — pergunto, sem entender o que tanto ele procura, já que a mesa está bem cheia.

— Não. Tá tudo aqui. — Ele coloca uma jarra de suco de laranja sobre a mesa e ajeita a toalha, ainda evitando meu olhar.

— Está tudo bem?

— Ãhã — ele murmura, enchendo meu copo de suco. — Tem café e leite também. — Ele estende o prato com um hambúrguer gigante para mim.

Não adianta pressioná-lo. Dou uma mordida no lanche, esperando que ele diga o que está pensando no tempo que quiser.

— Ah, meu Deus, que delícia! — exclamo com a boca cheia mesmo, e ele sorri.

— O mérito não é todo meu. O Lucas faz esse hambúrguer recheado com cheddar artesanalmente. Ele tá ficando bom pra caralho na cozinha.

— Nossa — digo, depois de engolir. — Não me lembro dele cozinhando quando... — nos entreolhamos — estávamos juntos.

— Ele não cozinhava. Começou durante a minha reabilitação.

E o elefante branco entra na cozinha.

Por mais que tentemos falar naturalmente do passado, é bastante desconfortável.

Rafael passa a mão pelo rosto liso. Deve ter feito a barba pela manhã. Poucas vezes o vi assim. Ele parece mais novo, mais inocente. Algo que sei bem que ele não é. O pensamento me tira um sorriso, mas não consigo brincar com isso. Estou tensa outra vez.

Quando nos despedimos no hospital, semanas após tentarmos tirá-lo do cativeiro e da perda do nosso bebê, sua aparência estava péssima. Ele tinha se drogado muito naquele período, e, pelo que o vovô me contou depois, no dia em que viajei para Londres, Rafael estava prestes a ter uma crise de abstinência.

Ele parece bem saudável agora. O rosto corado, os cabelos ainda um pouco compridos e em um tom mais escuro, mas bem ordenados. Não lembro de tê-lo visto tão bem antes.

Ambos terminamos de comer em silêncio. A conversa podia fluir entre a gente tão naturalmente quanto o sexo, mas não é o caso. As palavras começam e logo morrem. Não conseguimos fazer o papo fluir e muito menos falar sobre o que sentimos.

Infelizmente, acho que nosso corpo reage melhor do que nossa mente

Eu ajudo Rafael a arrumar a cozinha, mas ele pouco fala.

Quando terminamos, ele anda pela sala, com as mãos nos bolsos, meio perdido. Estou em pé, parada ao lado da poltrona enquanto ele senta e levanta, parecendo apressado.

— Eu vou precisar sair — Rafa explica, mexendo no celular. — Era meu turno ontem na balada e acabei dormindo. O Lex me cobriu, então vou pagar o favor hoje.

— Mas é cedo ainda, não?

— É. — Ele pega seus documentos na estante e coloca no bolso da calça jeans. — É que tenho que conferir algumas coisas por lá e trabalhar um pouco no escritório.

— Sei. — Ele está me evitando e nada vai me convencer do contrário. A cada minuto, ele parece mais diferente do Rafael que conheci.

— É sério — percebendo que não acreditei, ele se aproxima de mim e toca meus ombros.

Silêncio. Finalmente estamos nos olhando. À luz do dia, depois do que fizemos, parece que todos os nossos demônios estão dentro da sala.

— A gente precisa conversar — dizemos ao mesmo tempo.

— Quer começar? — ele pergunta.

— Você primeiro — eu digo.

— Rodrigo e Lex vêm falando de abrir uma filial da balada no Rio de Janeiro — ele começa, se atropelando com as palavras e passando a mão pelos cabelos. Franzo a testa, sem entender. — Ainda vai demorar um tempo, porque precisamos fazer um monte de coisa antes. Mas o primeiro passo é ir alguém até lá para sondar uns investidores e conhecer os lugares mais quentes, verificar opções e essas coisas.

— O que isso quer dizer? — pergunto com medo de ouvir a resposta.

— Ficou decidido que eu vou morar um tempo no Rio.

Escuto-o falar e sei que não está sendo totalmente sincero comigo.

— Rafa, por que está fazendo isso? — Cruzo os braços, incomodada.

Penso que ele virá com uma desculpa, dizendo que é trabalho. Às vezes, ele fica tão diferente que não sei o que esperar.

— Porque é melhor assim — novamente ele me surpreende, sendo sincero comigo.

— E nós dois?

— Vivi, eu não sei como lidar com isso. — Ele me olha, perdido. — Eu vivia todos os dias sem pensar na sua volta. Queria isso mais que tudo, mas, se eu pensasse, não conseguia lidar com a sobrecarga de sentimentos.

— Eu sei que é difícil. — Descruzo os braços e tento tocá-lo, mas ele dá um passo para trás e eu fico tensa.

— Não é só difícil, é impossível lidar agora.

— Você me pediu em casamento. — Ele me olha, parecendo não saber o que dizer. — Sei que é impulsivo, mas isso... Caramba, Rafa. Acha que eu não tenho meus medos? Acha que não travei quando te vi? A primeira coisa que fiz foi querer sair correndo da balada. Nem sei se teria te procurado se o Rodrigo não tivesse deixado seu endereço na minha cara. — Seu olhar de espanto me faz reformular o pensamento. — Eu iria, Rafa, claro que sim. Mas sabe lá Deus quando. E também não sei se eu deveria, né? Olha você aí. — Aponto para ele. — Ou fica paralisado, ou pensa em fugir. Tem horas que não te reconheço.

— A gente tentou uma vez e deu merda. — A tristeza em seu rosto evidencia como ele está machucado.

— Por causa das drogas.

— Não, por minha causa — ele balança a cabeça, nada disposto a dar o braço a torcer. — Eu sou uma bomba-relógio, Vivi. Todo mundo tá ligado nessa porra. Pergunta para o pessoal. Eles me vigiam como se eu estivesse prestes a errar o tempo todo.

— Eu duvido que façam isso. É paranoia sua, Rafa. — A palavra me escapa e ele altera o tom de voz na resposta.

— Não tô paranoico não, porra!

— Mas está sendo idiota.

— Não fala do que você não sabe — Rafael ergue as mãos e dá mais um passo para trás.

Por que essa reaproximação tem que ser tão complicada?

— Do que eu não sei? — Tudo o que quero é entender o que ele está sentindo.

— Deixa quieto... — Rafael passa as mãos pelo rosto, querendo tudo menos continuar a conversa.

— Deixa quieto nada! — Eu me aproximo dele e seguro seus braços. Ele evita o meu olhar. — Me fala, Rafael.

Devagar, ele me encara. Seus olhos se agitam como um oceano turbulento. Ele toca meu rosto e suspira, cheio de tristeza.

— Todas as minhas recaídas têm a ver com você.

— Como assim? — Dou um passo para trás.

— Não é culpa sua nem nada. É minha. Eu sou o fraco aqui, lembra? Mas toda vez que pensei em beber ou... — Ele não consegue completar a frase. — Depois de tudo aquilo, quando acontecia algo que te envolvia, parecia lógico recorrer à bebida.

Arregalo os olhos, completamente chocada.

— Você bebe por minha causa?

— Não, Vivi. Eu não bebo. Consegui resistir das outras vezes, mas, com você por perto, não sei... E, tô falando, não é culpa sua. Sou eu que preciso aprender a lidar com isso.

— Você é capaz de... — Não concluo a frase porque meu telefone começa a tocar.

O semblante de Rafael se fecha e ele se afasta, cruzando os braços.

— Pode atender. — Ele aponta com a cabeça.

— Seja o que for, pode esperar.

— Pode ser seu amiguinho de novo — ele ironiza.

— Quem? — pergunto, mas não espero a resposta. Sei que Bernardo me mandou mensagens mais cedo. — Você mexeu no meu celular? — Isso me deixa muito irritada.

— Eu não mexi nessa porra! — Ele aponta para o aparelho que não para de tocar, na mesinha. — Eu estava passando quando a mensagem chegou e o visor acendeu. Mas não sou otário de ler uma mensagem que não é pra mim.

Sem acreditar que estamos brigando por isso, pego o celular no momento em que ele para de tocar e exibe a ligação perdida da Fernanda. Ergo o aparelho na frente do olhar de Rafael, que vira o rosto e dá de ombros.

— Rafa, o Bernardo e eu somos amigos. Não pretendo me afastar dele e você vai ter que lidar com isso. — Minha intenção é explicar, mas o tom sai bem ríspido.

— Tá, tudo bem. — Ele levanta as mãos para o alto. — Eu sou o cara que tem que lidar com tudo mesmo. Com o que aconteceu entre a gente, com as recaídas, com o fato de você ter passado dois anos morando com esse cara. Beleza.

A ironia em seu tom desperta meu pior lado, e, antes que eu consiga evitar, reajo:

— Eu só passei dois anos com ele por causa das merdas que você fez, Rafael! — Bato o pé no chão e aperto a cabeça entre as mãos. Ele não diz nada, mas o modo como trava o maxilar mostra que acabei de embasar todos os argumentos dele sobre a razão de ficarmos longe um do outro. — Você acha que sofreu sozinho, Rafael? Acha mesmo? Eu larguei tudo que eu conhecia e mudei para outro país tentando superar você.

— Tudo o que você conhecia não. — De novo, sinto que há algo a mais.

— O que quer dizer com isso?

— Nada. De qualquer jeito, não tô comparando. — Sem poder se segurar, ele se aproxima de mim outra vez e segura meu rosto entre as mãos. Posso ver o ciúme ali, mas ele tenta se acalmar. — Eu sei que você sofreu, caralho. É por isso que tô tentando fazer o certo agora.

— E o certo é o quê? Ir cada um para um canto? Começar novos relacionamentos e seguir com a vida? — Não posso acreditar que ele pense assim.

— Não, porra. Você acha que eu tatuei isso no peito por quê? — Ele se afasta de novo, bate no peito com força, me sobressaltando. — Porque eu te amo e isso me mata. Porra de amor dos infernos! — Nunca o vi ficar nervoso tão rápido. — Eu vou resolver isso, ok? — Ele ergue as mãos como se pedisse trégua. — Mas me dá um tempo, Vivi. Não me pressiona.

Suas mãos estão tremendo e sua respiração começa a se acelerar.

— Resolver como?

— Não sei. Não sei. Não sei. — Rafael anda de um lado para o outro, olhando ao redor, como se estivesse prestes a explodir. — Como aprendi na terapia, talvez. Um dia de cada vez. Se for pra ser, vai ser.

— Você se imagina vivendo sem mim?

— Puta merda, não. — Seu olhar encontra o meu e ele aperta a testa.

— Então pronto! Você já foi muitas coisas, Rafa, mas covarde não é uma delas. — Estou nervosa e minhas palavras o atacam.

— Não tô sendo covarde. Tô sendo corajoso pra caralho! Você não sabe o que se passa aqui — ele passa a mão pela cabeça.

— Então me conta! — Sinto como se estivesse prestes a explodir também. — Não dá pra continuar desse jeito. A gente mal pode se ver que já nos pegamos loucamente. Temos que conseguir lidar com esses sentimentos. — Bato no peito. — Um relacionamento não sobrevive só de paixão.

— Você já parou pra pensar que talvez não seja para ser? Mesmo que eu morra sem você, será que você tem que arriscar tudo pra ficar comigo? De novo? Eu não te dei uma chance quando nos conhecemos e estou dando agora. Você pode ter uma vida melhor com outro cara. Teria dado certo se a gente tivesse se conhecido em outra época? Sei lá, eu penso nisso às vezes. — Sua voz é repleta de dor. Há muito mais por trás das suas palavras, mais do que ele está dizendo. — E se você desistir disso?
— Ele aponta de um para o outro.

— Não vou desistir porra nenhuma! — Bato o pé no chão enquanto aponto para ele, com raiva.

Ele sorri. No meio da briga, ele deixa um maldito sorriso escapar.

— Até pareceu eu falando agora.

— Alguém tem que parecer, né? Já que você está com medo de si mesmo, alguém tem que ser destemido nessa relação. — Cruzo os braços de novo, achando melhor mantê-los seguros para não dar um tapa nele e fazê-lo voltar à razão na marra. — Quero o antigo Rafa de volta.

— Não fala merda, mulher! Não fala isso nem por brincadeira.

Claro que não estou me referindo ao Rafael que se autodestruía. Ele tem que entender que não precisa manter presa sua antiga personalidade. Ele ainda é o mesmo cara e tentar negar isso só o fará sofrer. Dá para ser aquele cara e continuar livre dos vícios que o consumiam.

Quero dizer mil coisas, quero xingá-lo e fazê-lo entender que posso ajudá-lo, mas estou irritada demais para falar, então viro as costas e não digo mais nada.

Saio batendo a porta, sem parar para pensar se ele vai ficar bem ou não.

16
RAFAEL

I've been fighting the same old war
Against a disease without a cure
Been holding on for so long
(For so long, for so long)
I've been wishing upon a star
As my universe falls apart
I feel so far from the sky
As my dreams are floating by.
— Our Last Night, "Same Old War"*

"VOCÊ JÁ FOI muitas coisas, Rafa, mas covarde não é uma delas."

A voz de Viviane ecoa em minha mente enquanto tento me acalmar.

Abro a porta de entrada e a bato em seguida, sem acreditar que a deixei ir embora. Deus sabe a força que precisei fazer para não ir atrás dela.

Encosto na parede e deixo meu corpo escorregar até sentar no chão. Coloco a cabeça entre os joelhos, buscando respostas que não tenho.

As ondas de calafrio me atingem, assim como os tremores. Aperto as mãos uma na outra, tentando me controlar, mas é em vão.

Quando passei pela reabilitação, pensei que nada seria pior do que as crises de abstinência. Agora muito do que sinto me faz voltar àquele passado que eu queria esquecer.

---

* "Venho lutando a mesma antiga guerra/ Contra uma doença sem cura/ Sendo impedido por tanto tempo/ (Por tanto tempo, por tanto tempo)/ Eu estive desejando a uma estrela/ Enquanto meu universo se desfaz/ Eu me sinto tão longe do céu/ Enquanto meus sonhos flutuam."

A sala parece cada vez menor, e o ar, rarefeito. Sou um idiota, eu a joguei nos braços dele. Eu a mandei direto para o cara certinho.

As lágrimas escorrem pelo meu rosto e sinto meu coração se acelerar o máximo que meu corpo pode aguentar.

Meu peito dói e não consigo me mexer.

O desespero que me toma é intenso demais.

Onde está a Vivi? O que eu fiz?

Por que não tem mais ninguém aqui?

É minha culpa. Tudo isso é minha culpa.

Minha visão começa a escurecer ao mesmo tempo em que pontinhos brancos aparecem.

Quando sinto que posso desmaiar a qualquer momento, a porta se abre e alguém se abaixa, junto a mim.

— Ei, ei, ei... Eu tô aqui, Rafa — Lucas me abraça, massageando minhas costas. Mesmo que ele esteja assustado, sua voz é calma. — É só uma crise. Já vai passar. Não é real, primo. Não é real.

Tento me concentrar nele para voltar para casa, mas não consigo. Minha casa saiu batendo a porta e se afastou de mim mais uma vez. Não, eu a afastei de mim. De novo. De novo. De novo.

17
Viviane

> *I can feel your whisper and layin' on the floor*
> *I tried to stop, but I keep on comin' back for more*
> *I'm a light weight and I know it*
> *Cause after the first time I was fallin', fallin' down*
> *But nothing ever gets me high like this*
> *I pick my poison and it's you*
> *Nothing can kill me like you do*
> *You're goin' straight to my heart*
> *And I'm headin' straight for the edge*
> *I pick my poison and it's you.*
> — Rita Ora, "Poison"*

Deixo a chave do Lucas com o porteiro e tento me afastar do prédio o mais rápido que posso. As lágrimas descem queimando por meu rosto.

Caminho sem saber para onde vou até encontrar uma praça. Me sento em um dos bancos e nem tento segurar o choro. Preciso extravasar.

Poucos minutos depois, ainda estou soluçando quando recebo uma mensagem. Pego o celular rapidamente, com a esperança de ser Rafael me dizendo como foi estúpido tudo o que ele falou.

---

* "Posso sentir seus sussuros deitada no chão/ Eu tentei parar, mas continuo voltando por mais/ Eu sou fraca, e sei disso/ Pois depois da primeira vez, continuei caindo, caindo/ Mas nada me deixa tão extasiada quanto isso/ Escolhi meu veneno, é você/ Nada me mata como você/ Você mira direto em meu coração/ E estou indo em direção ao limite/ Escolhi meu veneno, é você."

> Sei que você disse que ia me ligar, mas tá tudo bem?

É o Bernardo. Há algo incrível entre nós: nossa ligação é tão forte que, de alguma forma, muitas vezes procuramos o outro quando ele mais precisa.

Não sei como lidar com o ciúme que o Rafa parece sentir dele. Bom, mas no momento não estou sabendo lidar com nada.

> Não. Vou pro Ibira. Me encontra lá?

> Mesmo lugar da última vez?

> Sim, em frente ao lago.

> Chego o mais rápido que puder.
> Fica bem.

Chamo um táxi. Aprendi a dirigir enquanto estive em Londres, mas ainda preciso regularizar minha carteira de motorista.

Assim que o táxi chega, entro e encosto a cabeça na janela, perdida em pensamentos.

No rádio, como se o destino quisesse me mandar um recado, a música "Everybody Hurts", do REM, toca:

Sometimes everything is wrong
Now it's time to sing along
When your day is night alone (hold on, hold on)
If you feel like letting go (hold on)
If you think you've had too much of this life
Well, hang on

'Cause everybody hurts
Take comfort in your friends. *

Um soluço baixinho me escapa e o taxista me encara pelo retrovisor.
— Está tudo bem, moça? — ele pergunta, sem jeito.
Apenas balanço a cabeça e volto a olhar pela janela.
Aperto meu celular na mão e ele vibra. É uma mensagem da operadora. Leio e ignoro.
A música continua acariciando meu coração. Assim como ela me aconselha, não quero desistir. "Todo mundo se machuca." "Aguente firme." "Conforte-se com seus amigos."
Sem pensar duas vezes, envio uma mensagem para Bernardo:

> Quando a gente se encontrar, você pode me abraçar o mais forte que puder?
> Preciso disso. Preciso da sua força, Bê.
> Só me abraça e me deixa chorar um pouco antes de começar a falar, tá?

A resposta chega instantaneamente:

> Não precisa nem pedir.

O trajeto passa num piscar de olhos e desço do táxi em frente ao Parque Ibirapuera.
Sigo caminhando até o lago. De longe, avisto Bernardo parado com as mãos nos bolsos. Sei que ele não está bem, afinal me procurou primeiro, mais cedo. Mas agora ele não vai me dizer nada. Tudo o que ele vai fazer é tentar tirar a dor que há em meu peito.

---

* "Às vezes tudo está errado/ Agora é hora de cantar junto/ Quando seu dia é uma noite solitária (aguente firme, aguente firme)/ Se você tiver vontade de desistir (aguente firme)/ Se você achar que já teve demais desta vida/ Bem, aguente firme/ Pois todo mundo se magoa/ Conforte-se com seus amigos."

Um pouco antes de tocar seu ombro, ele se vira, abre os braços e me puxa.

O choro sai de mim em um fluxo desesperador e contínuo.

Bernardo não diz nada. Ele só me abraça daquele jeito que só ele sabe e, aos pouquinhos, a dor vai indo embora.

Momentos depois, nós nos sentamos em frente ao lago. Apoio a cabeça no ombro de Bernardo e, quando sinto que posso falar sem chorar, pergunto:

— O que houve?

— Nem vem — ele ergue a mão.

— Nem vem o quê? — Ajeito-me para ficar de frente para ele.

— Você vai me contar primeiro.

— Bê, você está com problemas também — demonstro minha preocupação em cada palavra.

— E só vou falar sobre eles quando você contar o que aconteceu lá no Rafael.

Não tem jeito, quando Bernardo decide entrar no modo "cavaleiro de armadura" ninguém pode convencê-lo do contrário. Se eu não contar o que estou vivendo, ele não me contará nada.

— Transamos a noite toda — digo, por fim, para provocá-lo.

— Não, cacete! Essa parte não precisa falar — ele me olha fazendo uma careta e acabo rindo.

— Não dá pra entender, Bê. Como somos capazes de nos entender tão bem sem palavras, mas toda vez que começamos a falar, nos desentendemos? Não éramos assim... — A última frase é mais para mim do que para ele. Juro que estou tentando entender o que diabos está acontecendo.

— Vocês passaram por muita coisa. E retornos depois de anos sempre são impactantes. — Ele arremessa uma pedrinha no lago e leio em sua expressão o que ele quer esconder: Bernardo e Clara se encontraram.

Abro a boca para perguntar sobre isso e ele ergue o dedo indicador. Ah, esse teimoso. Vai me fazer dizer tudo primeiro.

— Foi ingenuidade minha achar que seria simples recomeçar? — pergunto.

— Não. Mas nem acho que você pensou assim. A gente morou junto todo esse tempo e você nunca falou em voltar com o Rafa. Eu tentava falar sobre isso e você me cortava.

Ele tinha razão. Evitei o assunto até explodir como uma bomba no meu colo e não estava dando conta de resolver a situação.

— Ele fica em pânico toda vez que tentamos falar de nós... — passo a mão pelo rosto, preocupada. Saí do prédio com tanta raiva e mágoa acumuladas que nem me dei conta de que Rafael poderia ter realmente uma crise de pânico.

— Você ficava em pânico toda vez que eu tentava falar do Rafa. Não é tão anormal assim, se você analisar do ponto de vista de quem está se sentindo encurralado. — Bernardo consegue ver tudo sob um prisma que eu sequer tinha considerado. — Pelo menos você sabe a razão. Sabe o passado dele. É isso. — De novo, ele está falando da Clara também. — Vocês passaram por muita coisa e acho que os dois evitaram o assunto o máximo que puderam. A cabeça dele deve estar uma pilha, Vivi. E, sei lá, meu palpite é que ele olha pra você e volta tudo na cabeça dele. Tudo mesmo. As drogas, o cativeiro, o tiro que seu irmão e o melhor amigo dele tomaram por ele... — Bernardo se cala e sei que ele não vai mencionar o filho que perdi, da mesma forma que sei que isso também assombra o Rafael. — Você quer esquecer e seguir em frente. Acho que ele também quer, mas não consegue. Se eu fosse ele, não sei se conseguiria. E eu não tenho nem metade da bagagem que esse cara carrega.

— Eu amo o Rafa. Amo de um jeito que sei que nunca vou amar ninguém. Quando ele falou em recomeçar ontem no bar, sabe o que respondi? Que não consigo evitar. E não consigo mesmo. Queria fechar os olhos e acordar no futuro.

— Quem não quer isso? — Bernardo suspira, pensativo. — Mas, sabe, se a vida fosse fácil...

— Não teria graça — completo uma das frases que meu pai amava usar.

— Pois é. — Bernardo tira uma mecha de cabelos que foi jogada para o meu rosto pela brisa que percorre o Ibirapuera. — Meu palpite é que ele tá perdido mesmo. Quer ficar com você, mas também tem medo de ficar com você. Sabe que precisa de você. E, Vivi, precisar de alguém é uma merda. É mais fácil quando a pessoa se basta e começa um relacionamento assim. Mas não estamos em uma utopia, né?

— Estar com ele é mais forte que eu. Isso é loucura. Se você visse como a gente...

— Ah, para! — Ele ergue a mão me impedindo de falar mais detalhes da minha noite com Rafael. Bernardo e eu vivemos nos provocando nesse sentido, mas nós dois odiamos quando é a vez do outro. — Olha, Vivi, se amar fosse simples, eu estaria com a Clara agora. — Consigo ver a tristeza refletida em seus olhos. — Mas não é. Eu sei que há pessoas que conseguem ter um amor tranquilo e é nisso que acredito no fim, mas acho que às vezes precisamos lutar muito para chegar a esse ponto. Você lutou pra caramba. Os dois lutaram. Você nunca foi dessas meninas assustadas que pensam muito. E nem ele. Rafa sempre foi o cara que se joga sem questionar. Posso estar errado, mas me parece que agora ele começou a se questionar e está apavorado. Isso desencadeia as crises de pânico. Tá claro pra mim, e nem sou médico, que ele precisa procurar ajuda. — Ele reflete um pouco antes de continuar. — E, sendo sincero, essa reflexão toda mostra que ele amadureceu e quer ser bom pra você de verdade. Eu já o tinha em alta consideração por ter se internado e estar fora de problemas, mas agora ele ganhou meu respeito.

Duas crianças passam correndo atrás de uma bola, enquanto um casal, que presumo ser os pais, corre atrás deles, dando risada.

A atmosfera pacífica e alegre do Ibirapuera é capaz de realizar milagres em mim. Aos poucos, reflito sobre as palavras de Bernardo.

— O que acha que devo fazer?

— Por que vocês não recomeçam devagar? Em vez de ser nessa velocidade toda? Vocês têm a vida toda pela frente. Pra que tanto desespero?

— Como assim recomeçar?

— Se eu tivesse a chance de recomeçar com a Clara, eu faria isso. A gente tem que aproveitar a chance que tem, Vi.

— Como se a gente nunca tivesse se conhecido? — Ajeito meu vestido, que o vento cisma em tirar do lugar.

— Talvez. Por que não? Vocês mudaram muito nesses dois anos e talvez não se conheçam mais tanto quanto pensam.

— Vou pensar nisso... — Dou um beijo em seu rosto. — Até que você é esperto, Bê.

— Trouxa. — Ele me empurra e caio para trás, dando um gritinho e segurando o vestido.

Ele me ajuda a sentar outra vez e rimos.

As duas crianças passam por nós outra vez e dão risadinhas. Com certeza pensando que somos um casal.

— Está mais calma? — ele pergunta, bagunçando meus cabelos.

— Estou. Agora me conta... Viu a Clara, né?

— Vi. — Ele inspira e expira devagar e permito que tenha seu tempo. — Tem horas que eu acho que vou conseguir superar esse amor. Acho que é só me esforçar para seguir em frente e encarar outras possibilidades. Dar tempo ao tempo e esperar passar. — Ele aperta as mãos. — Aí eu a vejo e pronto... Toda e qualquer resolução que eu tenha feito se desfaz. Não consigo esquecer esse amor. Não sai daqui, Vivi. — Ele toca o peito.

— E você quer que saia? — pergunto, mas entendo a sensação. Já desejei exatamente a mesma coisa.

— Hoje eu queria. Amanhã vou querê-lo de volta, mas hoje eu queria que ele fosse dar uma volta e me deixasse em paz. — Bernardo se levanta e estende a mão para me ajudar.

— Como você a viu? Quer dizer, que desculpa usou?

— Eu levei um filhote de Samoyeda pra ela — ele sorri e balança a cabeça, resignado com a situação.

Fico parada boquiaberta enquanto ele começa a caminhar em minha frente. Penso em Rafael, Bernardo e Clara. E em amores que cruzam o nosso caminho e nos atropelam, causando colisões irreversíveis. Há amores que vão, há amores que ficam e há amores que nos incapacitam. Não conseguimos seguir adiante sem eles.

Talvez Bernardo tenha razão e recomeçar possa ser o caminho.

Despertando do meu torpor, corro atrás de Bernardo e seguro seu braço.

— Não corre, não. Me conta tudo. De onde é que você tirou esse cachorro?

18
RAFAEL

> *Are there choices around me?*
> *Or am I stuck on a one way road?*
> *These questions need answers*
> *Are we alone? Are we in control?*
> *Can we choose to play a different role?*
> *Can we change the grave that was dug for us?*
> *Or is this the only path to take?*
> — Our Last Night, "Fate"*

A PIOR PARTE dessas crises, e a mais humilhante, é o retorno delas. Quando volto a mim estou no sofá, sem lembrar direito como fui parar lá. Lucas provavelmente me ajudou.

Ele está sentado na poltrona, fingindo estar concentrado na televisão. Olho para o relógio na parede. Preciso tomar um banho e sair.

Me levanto, passo por Lucas e coloco a mão em seu ombro, apertando-o de leve. Ele assente, sem desviar a atenção do filme que esta passando.

Meu primo me conhece bem e sabe que estou envergonhado, mas não posso deixar de demonstrar o quanto sou grato por ele ter chegado quando precisei.

---

* "Há escolhas ao meu redor?/Ou eu estou preso em uma estrada de mão única?/ Essas perguntas precisam de respostas/ Estamos sozinhos? Será que estamos no controle? Podemos escolher um papel diferente? Podemos mudar o túmulo que foi cavado para nós?/Ou este é o único caminho a seguir?"

Mais tarde, estou pronto para sair e o escuto falar ao telefone. Parece animado. Deve ser alguma garota nova.

Quando estou quase saindo, ele desliga e me diz:

— Primo, como foi com a Vivi? — Ele mede as palavras, no fundo não querendo me perguntar, mas sabendo que precisa.

— Complicado.

— E sobre as crises?

— Mais complicado ainda.

Nós dois já conversamos muitas vezes sobre minhas crises de pânico e minha relutância em procurar ajuda médica.

— Hum... E não acha que dá pra descomplicar uma parte, pelo menos?

— Qual delas?

— O pai de uma amiga é terapeuta e... — Lucas estende um cartão de visitas. — Ele já atendeu várias pessoas com o seu problema. Não tem por que você se negar a receber ajuda, certo?

A verdade é que um lado meu quer mandá-lo à merda. Meu lado antigo, o lado que mais me causou problemas, o lado que acha que para ser livre preciso resistir a tudo e a todos. Mas parte de mim quer ficar bom logo e a terapia me fez muito bem no ano em que fiquei na clínica.

Penso na coragem de Viviane em não desistir de nós e confrontar cada temor que sinto. Ela resiste apesar de todos os problemas.

Anos atrás demorei tanto para procurar ajuda e muito teria sido evitado se eu não fosse tão cabeça-dura.

É foda, de novo, ser o cara que tem um problema. É foda, de novo, querer ser independente e precisar ser acudido porque está na merda, caído no chão no meio de uma crise de pânico. É foda não ter controle nenhum sobre o próprio destino. Mas talvez seja um sinal de maturidade assumir que alguma ajuda não é má ideia e pode melhorar minha vida e a das pessoas que amo.

Estendo a mão, pego o cartão e guardo no bolso, dando um meio sorriso para ele. Não é preciso dizer mais nada sobre o assunto. Ele sabe que procurarei ajuda. É o mínimo que posso fazer por ele e, principalmente, por mim.

Toco a maçaneta e abro a porta, mas antes de sair me viro. Ele continua parado, me olhando.

— Amiga... Sei.

Lucas sorri, envergonhado, e sua expressão diz tudo o que preciso saber: meu primo está apaixonado de novo.

19
Viviane

Bring your secrets, bring your scars
Bring your glory, all you are
Bring your daylight, bring your dark
Share your silence
And unpack your heart
Show me something the rest never see
Give me all that you hope to receive
Your deepest regret dies with me.
— Phillip Phillips, "Unpack your Heart"*

Enquanto caminhamos pelo parque, Bernardo encontra alguns amigos e nos apresenta, dizendo que vai começar a treinar com eles nos próximos dias, me chamando para treinar junto.

Por mais amor que eu tenha pelo Bernardo, treinar com frequência não vai rolar. Ainda mais treinar pesado, como vejo o pessoal fazendo agora. No máximo uma caminhada de vez em quando.

Sobretudo agora que pretendo continuar a faculdade... No ano passado, comecei o curso de psicologia em Londres e consegui transferência para uma faculdade em São Paulo.

---

* "Traga os seus segredos, traga suas cicatrizes/ Traga sua glória, tudo que você é/ Traga sua luz do dia, traga sua escuridão/ Partilhe seu silêncio/ E abra seu coração/ Me mostre algo que o resto nunca vê/ Me dê tudo que espera receber/ O seu mais profundo arrependimento morre comigo."

É incrível como cursar moda, o que fazia na época em que meu pai faleceu, não chama mais minha atenção. Ainda gosto de me arrumar sempre, mas antes era quase uma obsessão. Acho que eu usava meus mil e um estilos para desfocar do resto.

Refletindo sobre meu curso, volto meus pensamentos para Rafael.

Que bela psicóloga vou ser para meus pacientes se ficar julgando tanto as pessoas, como fiz com o Rafa ontem? Na pior fase de todas, eu o aceitei e apoiei. Preciso me acalmar e fazer o mesmo agora. Ele tem razão quando diz que é uma bomba-relógio prestes a explodir. Não podemos estar os dois nesse ritmo.

Enquanto Bernardo conversa com Michel, um moreno alto, decido mandar uma mensagem para Rafael. Tentamos no impulso e não deu. Tentamos no grito e não deu. Quem sabe Bernardo está certo e um recomeço pode nos ajudar.

Pego o celular na bolsa e ele vibra no mesmo instante. É Branca.

Onde você tá?

Ibira com o Bê.

Cacete! Como assim? Não tava com o Rafa?

Assim, ué. Estava. Depois me encontrei com o Bê.
Viemos conversar um pouco.

Cara, vocês dois. Nunca vou entender.

Não há o que entender, Branca.
Seu irmão e eu somos melhores amigos.

> Meu, não existe isso de tanta amizade com macho não, tá?
> Na primeira oportunidade eles vão querer te comer!

> Pois é o que temos.
> Amizade.

> E vai falar que nunca se pegaram?

— Vivi, o pessoal está marcando de comer algo mais tarde. Topa? — Bernardo pergunta, apontando para os amigos.

— Claro — respondo, enquanto Branca manda mais mensagens desesperadas.

> Não vai me responder?
> Viviaaaaneeeeeeeeee!
> Mas que porra!

Finalmente decido respondê-las:

> Estou te ignorando. Não percebeu ainda?

> Então você ficou com o meu irmão. SABIA!

> Você está errada, mas minha negativa não vai te fazer mudar de opinião...

> Ainda bem que você sabe.
> Vamos marcar algo pra amanhã?

> Vamos. Combinamos mais tarde.
> Vou sair com o Bê e uns amigos à noite.

> Sei. Bom motel pra vocês.
> Te amo. Menos que o Bernardo, mas amo.

> Para de ser besta! Também te amo.

> Menos que ama o Bernardo, mas ama! ;)
> Usem camisinha! <3

Balanço a cabeça, rindo, e Bernardo me olha sem entender. Branca é a amiga mais maluca que existe.

Dou alguns passos, me afastando deles e sento sob uma árvore, me encostando em seu tronco.

Fecho os olhos, pensando em tudo o que sinto por esse homem que virou meu mundo de cabeça para baixo e mesmo assim me faz querê-lo por perto.

Abro os olhos outra vez e digito a mensagem:

> Rafa,
> Não quero ser sua kriptonita, como você cantou, e também não quero que você seja nenhum Super-Homem.
> Se você não lembra, me apaixonei por você sendo meu Johnny Cash e eu sua June.
> Mas agora é hora de deixarmos as metáforas de lado e sermos apenas Rafael Ferraz e Viviane Villa.
> Você disse algo sobre ter me conhecido em outra época, que talvez fosse melhor...
> Bom, estou aqui hoje e ainda quero conhecer você.
> Nós dois sofremos muito nos últimos anos e nós dois ainda nos amamos.
> Faço qualquer coisa por você, e, se é ir devagar o que quer, eu concordo.

> Só não vou concordar com essa estupidez de mudar para o RJ. Nem vem. Sério.
> Vamos recomeçar?
> Me deixa entrar, amor.
> Me deixa cuidar das suas feridas enquanto você cuida das minhas.
> Não tem Vivi sem Rafa e não tem Rafa sem Vivi.
> E então, o que acha?
> Vamos recomeçar devagar, ok?

Releio o que escrevi e percebo que meu "ok" no final não é bem uma pergunta. Reflito se devo ou não apagar, mas opto por enviar assim mesmo.

A vida é feita de riscos, certo?

E sou capaz de correr todos eles por Rafael.

20
RAFAEL

If I'm falling away
Don't let me go
You got something to say
And I need to know
Don't let me go
Don't let me go
If I'm falling away
Don't let me go.
— Our Last Night, "Falling Away"*

DESÇO DO ELEVADOR e ando pela garagem do prédio Subo na moto e sinto o celular vibrar no bolso

Pego-o e me surpreendo ao ler uma mensagem de Viviane

Ela alterna entre doçura e impetuosidade. Essa garota vai me deixar ainda mais maluco... Se é que isso é possível.

O que fazer? Pensando racionalmente até eu sei que essa ideia do Rio de Janeiro é babaquice. Vou fazer o que lá? Ficar puto da vida enquanto a Viviane fica aqui livre para caras como o Bernardo?

Não, não vai rolar. É fato que estou apavorado, mas a terapia pode me ajudar.

Não vou contar nada a Vivi sobre isso. Melhor não criar expectativas.

---

* "Se eu estou me afastando/ Não me deixe ir/ Você tem algo a dizer/ E eu preciso saber/ Não me deixe ir/ Não me deixe ir/ Se eu estou me afastando/ Não me deixe ir."

Vamos ter que ir devagar para eu me certificar de que não vou fazer uma merda do caralho outra vez.

É, pode dar certo, Rafa. Respira, respira, respira.

Não sei como responder à mensagem, mas concordo com ela, mesmo sem saber por onde começar.

Então, respondo da única forma que alguém poderia responder a uma intimada da única mulher que vai amar na vida:

> Ok, porra!

21
Viviane

> *But I don't care what they say*
> *I'm in love with you*
> *They try to pull me away*
> *But they don't know the truth*
> *My heart's crippled by the vein*
> *That I keep on closing*
> *You cut me open and I*
> *Keep bleeding*
> *Keep, keep bleeding love.*
> — Leona Lewis, "Bleeding Love"*

Acordo no domingo de manhã e um sorriso inunda meu rosto à lembrança do "Ok, porra!" de Rafael.

Não mandei mais nenhuma mensagem depois daquela. Ele precisa do seu espaço.

Me espreguiço na cama. É bem cedo... Ainda não me acostumei com o fuso horário.

As estrelas coladas no teto levam meus pensamentos a meu pai. Acho que ele pode nos ver onde quer que esteja e ainda sinto sua presença. Talvez sejam crenças bobas minhas, mas quando amamos deixamos parte de nós no outro e não tenho dúvida do quanto meu pai nos amou.

---

* "Mas eu não me importo com o que dizem/ Estou apaixonada por você/ Eles tentam me afastar/ Mas eles não sabem a verdade/ Meu coração está danificado pela veia/ Que eu continuo fechando/ Você me corta e eu/ Continuo sangrando/ Continuo sangrando amor."

A vida é estranha. Será que eu teria conhecido o Rafael se meu pai estivesse vivo?

Não seria da mesma forma, mas será que teríamos uma chance de viver o que estamos vivendo agora?

Quando morava em Londres, li muitos dos livros de autoajuda do Bernardo. Ele é meio viciado nessas coisas, embora negue.

Muito do que li dizia que se acreditarmos em nós mesmos, se tivermos pensamentos positivos, o universo conspirará a nosso favor.

Fiz uma análise disso tudo e aprendi que nem sempre pensamentos positivos vão nos salvar. Às vezes a tristeza bate e ela precisa ser sentida. Não dá para seguir em frente sem sentir a dor. Se não soubermos lidar com ela e fingirmos que ela não existe, ela vai crescer como uma bola de neve e seremos soterrados.

É... Meu pai dizia essas coisas e ele nunca leu autoajuda. Acho que algumas pessoas têm uma luz dentro de si. Todos temos, na verdade, mas apenas alguns conseguem mantê-la acesa mesmo quando as trevas dentro de si querem apagá-la.

Assim como meu pai, Rodrigo e Bernardo são assim. Lucas também, apesar de todas as suas tragédias: é olhar para ele e sentir o coração encher de calor.

Rafael tenta ser esse tipo de pessoa, mas seus receios o fazem ver sua luz como a chama delicada de uma vela, quando eu a vejo como um farol imenso.

Se ao menos ele pudesse se ver pelos meus olhos...

Vou com mamãe à casa da minha prima Fernanda. Branca e Clara virão mais tarde e me encontrarei com Mila à noite, já que ela está presa no hospital até as sete horas.

Augusto, marido da Fernanda, abre a porta para nós.

— A Fê já está descendo com o Felipe. Ele estava pronto, mas sabem como são crianças, né? Derrubou um copo cheio de suco na roupa.

Minha mãe e eu sorrimos. Vir aqui era um dos momentos que mais me deixavam apreensiva após o meu retorno.

O gritinho alegre de Felipe chama minha atenção e olho para as escadas. Fernanda fala alegremente com o filho. Engulo em seco e sinto o olhar de minha mãe em mim, mas não a encaro.

Se eu não tivesse perdido o bebê quando o Rafa foi sequestrado, ele seria apenas uns três meses mais novo.

Felipe tem o mesmo tom de cabelo de Fernanda, um lindo loiro escuro, e é cacheado como o do pai. Quando minha prima se aproxima para me dar um beijo, posso ver de perto os olhos brilhantes do garotinho. São cor de mel, iguais aos dela também.

Ao me ver, Felipe estende os bracinhos gorduchos na minha direção, murmurando palavras que não entendo.

— Como esse moleque é dado! — Fernanda ri.

Abro a boca para falar e sinto as palavras sumirem. Sei que, se eu forçar, elas sairão embargadas, então não digo nada, mas o pego em meus braços, inalando o perfume de sua pele de bebê.

Imediatamente meus pensamentos se refugiam no passado, buscando respostas que eu não tenho. E se Rafael não tivesse voltado a usar drogas? E se eu não tivesse ido ao cativeiro naquele dia? E se eu não tivesse perdido o bebê?

Diante daquilo que me machuca, percebo que é assim que Rafael deve se sentir quando estamos juntos. Todos os "e se" do mundo devem guerrear em seus pensamentos.

Mas, como dizia meu pai: "Não podemos mudar o passado e muito menos viver de hipóteses". Embora haja milhares de "e se" que poderiam me afastar de Rafael, não dá para mudar o que passamos, mas podemos recomeçar e viver o presente que merecemos.

22
RAFAEL

Nada era certo, mas parecia tão normal
Me acostumei com a incerteza ideal
Nos faz querer o tudo, o pouco não é opção
Será surreal, ter o mundo em minhas mãos?
Tinha ao meu lado, quem soubesse me ajudar
E acreditei no que iria me tornar.
— Scalene, "Surreal"

LEX ESTÁ SAINDO do escritório do bar quando chego para mais um dia de trabalho.

Acabamos não nos vendo ontem, já que eu vim para cobri-lo. Conversamos um pouco sobre a noite passada na balada, enquanto o pessoal da limpeza termina o serviço e os funcionários do bar começam a chegar.

Nós nos aproximamos do palco enquanto a banda que tocará hoje passa os instrumentos.

O celular dele toca e pela conversa percebo que é a Branca.

— Como é que vocês estão? — pergunto quando ele desliga.

— Quem sabe? — ele responde minha pergunta com outra e guarda o celular no bolso da jaqueta. — Branca e eu já começamos e terminamos uma porrada de vezes. Vamos levando para ver no que dá. E você e a Vivi, como ficaram?

— Cara, foi foda. — Coloco a mão na testa e balanço a cabeça enquanto falo. — Quando a gente tá junto a coisa explode, sabe? Não dá muito pra raciocinar e tentar entender, mas, quando o sexo para, a gente se desentende. Tá assim desde que ela veio aqui na outra noite.

— Olha, se sem uma bagagem pesada como vocês carregam, já é complicado pra mim e a Branca, imagina pra vocês. — Lex aponta para um dos caras da banda e dá algumas instruções sobre o acorde que estão tocando. Ele gosta de dar chances para bandas novas, mas nunca consegue ficar sem dar palpite. Não que isso seja ruim, afinal dificilmente erra no que se refere à música. — Mas você não achou que ia ser fácil, achou? — ele retoma a conversa comigo.

— Eu não achei porra nenhuma, na verdade.

Ele ri e faz sinal de positivo para a banda. Não falei? O som ficou muito melhor.

— Meu, vai levando de boa. No fim tudo se acerta — ele me aconselha.

— É foda. Eu até a pedi em casamento e tudo quando nos reencontramos... — Olho para a porta do escritório. — Só fui pensar depois.

— Como é? — A pergunta me pega desprevenido e não a entendo na hora.

— Como é o quê? — Franzo a testa. Lex tem dessas perguntas que só ele entende aonde quer chegar.

— Ser o cara que está aprendendo a pensar. — Ele bate o dedo indicador de leve na minha cabeça, tentando me provocar.

— Nossa, cara. Como você é trouxa. — Dou um tapa na mão dele, mas acabamos rindo.

Ele tem razão. Não pensar faz parte de quem eu sou. Sou o cara que se joga no precipício sem querer saber se tem água ou não lá embaixo, ou se vou me estourar inteiro.

Ou melhor, eu *era* assim. Agora estou aprendendo a dosar essa merda toda. Tentando entender o quanto posso deixar minha personalidade aflorar sem que isso mate ou machuque alguém.

Então, se eu fosse responder à pergunta dele, eu diria que é difícil pra caralho, mas eu estou tentando. Estou sempre tentando.

23
Viviane

So tell me you love me, come back and haunt me
Oh, when I rush to the start
Running in circles, chasing in tails
Coming back as we are
Nobody said it was easy
It's such a shame for us to part
Nobody said it was easy
No one ever said it would be this hard
I'm going back to the start.
— Coldplay, "The Scientist"*

Faz uma semana que cheguei de Londres. Corri todos os dias com a documentação da faculdade. Espero retomar meu curso em breve. Estudar mantém minha mente ocupada.

Nem sinal do Rafael. Quer dizer, sei dele por atualizações do Rodrigo, mas ele não me procurou.

Meu coração me diz para procurá-lo, mas minha mente me detém. E, contrariando todos os conselhos do meu pai, dessa vez dou um tempo.

Minha mãe está de joelhos, com a mão na terra, mexendo em algumas plantas de seu jardim e a estou ajudando. Ela me orienta no que

---

* "Então diga que me ama, volte e me assombre/ Ah, e eu corro para o começo/ Correndo em círculos, perseguindo a cauda/ Voltando a ser como éramos/ Ninguém disse que era fácil/ É uma pena nos separarmos/ Ninguém disse que seria fácil/ Mas também não disseram que seria tão difícil/ Eu estou voltando para o começo."

devo fazer e que muda devo lhe entregar quando meu celular toca, informando que recebi uma mensagem.

Meu coração dispara na hora. Tem sido assim todos esses dias. Eu fico encarando o aparelho sobre a mesinha, morrendo de vontade de ver de quem é, mas continuo estendendo uma mudinha para minha mãe.

— Vai ver quem é! — ela diz, e não precisa pedir duas vezes.

Fico de pé e, tropeçando, chego à mesinha.

— É ele, mãe! — Minha voz sai estridente enquanto clico na mensagem.

Minha mãe dá uma risadinha baixa e continua seu trabalho, com a atenção dividida entre mim e as flores.

> E aí, garota, topa um café amanhã à tarde?

Franzo a testa e releio a mensagem. Apesar do tom do Rafa ser o mesmo, o convite é diferente.

Minha resposta externa minha dúvida.

> Café?

> É... Eu sou o cara do café agora. Até que é bom. Vai fazer tipo? Você nunca foi dessas. =P

A alegria que me contagia por estarmos conversando faz com que eu digite a resposta dando pulinhos.

> E continuo não sendo, idiota! Onde e que horas?

> Eu passo pra te pegar às 15h.
> De moto.
> Então dá uma segurada no comprimento da saia, ok?

> Haha. Engraçadinho.
> Ok.

Observo o celular por alguns minutos e parece que ele não vai mandar mais nada. Estou quase recolocando o aparelho sobre a mesa quando ele toca outra vez.

> Mal posso esperar.
> Tá foda ficar longe de você.

Meu Rafa! Aperto o aparelho contra o peito e conto para a minha mãe, antes de responder:

> Põe foda nisso.
> Cara, não dá ideia ou o café não vai rolar...

Dou uma gargalhada e comemoro, feliz. Depois volto para as plantas da minha mãe, encantada. Amanhã verei o Rafa e nada mais importa agora.

O tempo deu uma boa esfriada, então não é difícil deixar de usar saia curta hoje. O que é uma pena, porque eu adoraria provocar o Rafa. Mas é São Paulo e a temperatura está prevista para cair ainda mais, então vou ter que descobrir outra forma de provocá-lo.

> Tô na sua porta, gata.

Se a mensagem já me faz vibrar, fico imaginando o impacto que ele em pessoa causará.

Abro a porta da entrada e Rafael está sentado na moto, vestindo preto e de óculos escuros.

Meu Deus! É impossível não me lembrar da citação do meu pai sobre perder batidas. Cada batida do meu coração se perde no ar e foge em direção a Rafael.

Descendo da moto, ele tira os óculos e sorri, caminhando lentamente até mim. Sinto-o colocar uma mão em minha cintura enquanto a outra toca meu rosto.

Ele me dá um beijo singelo na bochecha e se afasta. Tudo o que faço é encará-lo, boquiaberta.

— O quê? — ele pergunta, subindo na moto, colocando seu capacete e me oferecendo o sobressalente. — Não é assim que o pessoal faz no primeiro encontro?

Dou uma gargalhada e corro até ele. É como se estivéssemos nos conhecendo outra vez e estou amando cada detalhe disso.

24
RAFAEL

> *Something about you now*
> *I can't quite figure out*
> *Everything she does is beautiful*
> *Everything she does is right*
> *'Cause it's you and me and all of the people*
> *With nothing to do, nothing to lose*
> *And it's you and me and all of the people and*
> *I don't know why I can't keep my eyes off of you.*
> — Lifehouse, "You and Me"*

TODOS OS PECADOS que eu já cometi na vida! Todos os pecados! Todos os malditos pecados!

Acho que é isso que estou pagando por ter que resistir a beijar Viviane como eu queria.

Ela coloca o capacete e sobe na moto. Sua calça é tão justa que marca completamente o contorno das coxas.

Quando ela se ajeita, chegando o máximo possível perto de mim e me abraçando pela cintura, sinto que posso morrer. Um arrepio percorre meu corpo e respiro profundamente.

---

* "Há algo sobre você agora/ Que não consigo compreender completamente/ Tudo que ela faz é bonito/ Tudo que ela faz é certo/ Porque somos eu e você e todas as pessoas/ Com nada a fazer, nada a perder/ E somos eu e você e todas as pessoas, e/ Eu não sei por que não consigo tirar meus olhos de você."

Dá para desejar alguém mais do que a necessidade que temos de respirar? Ah, dá. Porra se dá!

Dou a partida na moto e espero que o vento frio me acalme. Que nada! A presença de Viviane segue me aquecendo.

Deixamos a moto no estacionamento e seguimos para a Starbucks. Está aí algo que nunca me imaginei fazendo com a Viviane.

Lex que me viciou nessa porra, desde que parei de beber. Ele adora e eu sempre enchi o saco dele por isso, falando que esses cafés misturados não eram bebidas de homem.

Ok, me lasquei. Estou sabendo, porque agora quem está viciado nisso sou eu.

Pegamos nossas bebidas e nos sentamos a uma mesa em um dos cantos.

— Nunca pensei que você fosse do tipo que gostasse de frapuccino — Viviane sorri, um brilho travesso no olhar.

— Eu gosto de tudo aqui. Patético, eu sei. — Faço uma careta.

— Não é. Você pode ser durão e gostar de café. Não há nenhum livro de regras.

— Tem razão. É como o Lex, certo? Que gosta de tudo quanto é oposto.

— Ele é um bom exemplo mesmo. Falando nisso, soube que ele e a Branca voltaram.

— É o que estão dizendo...

— Você não parece achar que vai durar.

— Eu já errei em muitas coisas, mas sei lá... Algo ali não cola. Branca curte o cara e tal, e ele tá na dela, mas... Você sabe, aposto minhas fichas em outro cara no caso dela. Acho que no fundo é isso. Lex é um baita amigo e não tô a fim de vê-lo machucado. Já basta o Lucas toda hora com isso...

Quero perguntar ao Rafael o que ele quis dizer quando se referiu a outro cara, mas a menção a Lucas machucado chama a minha atenção.

— Como assim?

— Tá pra nascer pessoa com dedo mais podre. No tempo em que você ficou fora, ele começou a namorar três vezes e em todas descobriu que a garota tinha outro. Uma delas namorou os dois por meses até o Lucas descobrir. A outra chegou a dar em cima do Rodrigo, que contou pro Lucas e foi uma merda.

— Nossa, tadinho do Lucas. Logo ele que é tão especial.

— Sim, é. Nem sei por que ele começa a namorar tão rápido. Ele diz que acontece.

— Acho que ele se sente sozinho, Rafa. Mesmo tendo você e meu irmão tão próximos a ele, um relacionamento amoroso é diferente.

— Você tem razão. Deve ter a ver com tudo que ele passou.

— Deve.

— Acho que eu não sou o único a ter que fazer terapia na família. — Antes que o clima fique ruim, conto a ela: — Demorei pra te procurar porque eu queria marcar a terapia primeiro. Aí não tinha horário no consultório. Só tem semana que vem. Marquei e decidi que não ia mais esperar. Estava com uma saudade do caralho. — Procuro sua mão sobre a mesa.

Viviane está com o queixo apoiado na mão livre e sorri para mim. Ela nem diz nada, mas o orgulho explode em seus olhos ao ver que estou tentando.

Horas mais tarde eu a deixo em frente à sua casa.

Ela desce da moto. Eu desço da moto. Ambos tiramos os capacetes e nos encaramos. A intensidade da nossa conexão devia ser tema de tese em faculdades de psicologia. Não há explicação racional.

Toco seu rosto com o dorso das mãos, beijo levemente seus lábios e me viro para subir na moto. Nem preciso olhá-la para saber que está boquiaberta de novo.

Seguro o guidão da moto antes de subir e meu corpo inteiro reage a Viviane. Ah, porra! Isso de ser o cara que faz tudo como manda o figurino não é comigo. Foda-se a porra do figurino!

Em dois passos, eu desço e a puxo pela cintura, beijando-a, desesperado. Uma semana é tempo demais para ficar longe.

Com o impacto do meu movimento, o corpo de Viviane é impulsionado para trás. Mantenho-a firme em meus braços.

Buscando apoio, ela enrosca os dedos em meus cabelos e me puxa mais para perto.

A árvore em que nos beijamos escondidos uma vez está bem ali, a poucos passos de nós, mas estou pouco me fodendo para esconder o que estou sentindo. Dane-se que os seguranças vão ver. Quero mais é que o mundo inteiro saiba que sou insanamente apaixonado por essa mulher.

Quando nos afastamos, estamos sem fôlego.

— É bom saber que algumas coisas não mudam — Vivi diz, com a respiração acelerada.

— Se tem uma coisa que nunca vai mudar... — respondo, depois de inspirar profundamente — é o que eu sinto por você, garota. — Coloco a mão sobre o peito e dou dois tapinhas nele.

Contrariado, me afasto dela e subo na moto. Recoloco o capacete, dou a partida e vou embora, já ansiando pela próxima vez em que a verei.

As pessoas costumam dizer que um amor cura o outro e que não há uma pessoa ideal, que não há essa história de alma gêmea e que ninguém é insubstituível. Queria que quem um dia disse isso nos visse agora. Não há outra pessoa para mim além de Viviane. Jamais falarei por ela, mas eu não conseguiria seguir adiante sem ela. Não dá. Não dá. Não dá.

É amor, porra. E não se supera um amor de verdade, certo?

25
Viviane

> Know that you're never alone
> In me you can find a home
> When you're in unfamiliar places
> Count on me through life's changes.
> — Leona Lewis, "Collide"*

Ainda suspirando pela tarde, estou deitada na cama quando a mensagem do Rafa chega:

> Foi foda, porra!

Rio alto. Duvido que qualquer outra pessoa entenderia isso de forma carinhosa, mas eu sei bem o que ele quer dizer.

> Foi mesmo.
> Adorei te ver, conversar e a última parte.

Meu corpo reage só de lembrar.

> Ah! A última parte foi realmente do caralho!

---

* "Saiba que você nunca está sozinho/ Em mim, você pode encontrar um lar/ Quando você estiver em lugares estranhos/ Conte comigo para as mudanças da vida."

Rio alto de novo e cubro a boca com a mão, não querendo acordar minha mãe.

> Hahaha. Só você mesmo...

> Só eu o quê?
> Pra te pegar daquele jeito?
> Isso só eu mesmo.

Suspiro. Que falta esse homem me faz.

> Pois é...
> Só você mesmo.
> Está trabalhando ainda?

> Sim, mas hoje termina cedo.
> No máximo às 2h tô em casa.
> Amanhã é minha folga.
> Quer ir ao cinema?

> Vou encontrar a Clara no shopping.
> Ela vai comprar roupas para os meninos e me chamou pra ir junto.
> E pra ir ao cinema com eles depois.
> Você se importa se for programa bem família?

> Não. Vai ser bom ver a Clara e os monstrinhos.
> Sem contar que com testemunhas consigo ir devagar.

> Você chama o beijo de hoje de "ir devagar"?

> Vivi, você terminou vestida, né?
> Então fui quase um lorde do século XVI.

Posso imaginar a cara dele ao escrever isso.

> Hahahahahaha.
> Foi.
> Te encontro lá, então?

> Beleza. Combinamos o horário amanhã.
> Dorme bem.

> Você também. <3

> Eu pensei em fazer o romântico e te mandar dormir com os anjos, mas tô meio possessivo ultimamente. Dorme sozinha mesmo, mas bem.

> Ok... haha

— Pedrinho, não vá tão na frente! — Clara chama a atenção de um dos seus gêmeos.

Enquanto David caminha de mãos dadas com ela, Pedrinho quer percorrer o shopping inteiro saltitando.

Ele desliza pelo chão, escorregando com a ajuda das roupas.

Em vez de Clara estar brava, ela contém um sorriso.

— Ele não pode perceber que não fico brava com isso. Se ele não correr e atrapalhar outras pessoas, não vejo um grande problema.

— Realmente não há. Ele só está sendo criança.

— É.. — A palavra sai em um sussurro e Clara se perde em pensamentos.

Quem a conhece sabe que isso ocorre com frequência, apesar de ninguém saber a razão.

Seguimos com os meninos para a área dos brinquedos, e, enquanto eles se divertem na piscina de bolinhas, nós duas conversamos.

— Amor é uma coisa complicada. Honestamente, até ver você e o Rafa, achei que nem existia — Clara conclui depois de me ouvir.

— Sério?

— Sério. — Ela pisca rapidamente ao responder, como se não entendesse minha surpresa.

Antes que eu possa fazer qualquer pergunta sobre a tristeza que sempre vi nela, ou sobre essa afirmação — muito preocupante, em minha opinião —, avisto Rafael entrando na área dos brinquedos.

Clara sorri, parecendo realmente feliz, e, ainda que eu sinta que isso é uma fachada, não há nada que eu possa fazer agora.

26
RAFAEL

By the cracks of the skin I climbed to the top
I climbed the tree to see the world
When the gusts came around to blow me down
I held on as tightly as you held onto me
I held on as tightly as you held onto me
Cause I built a home
For you
For me
Until it disappeared
From me
From you
And now, it's time to leave and turn to dust.
— The Cinematic Orchestra, "To Build a Home"*

OS PRÓXIMOS DIAS seguem no mesmo ritmo. Não vou dizer que estou amando ficar sem transar com a Viviane, mas desacelerar tem feito a gente se reconectar. Estranho, mas eficaz.

Tenho seguido com minha vida e estou recolocando Viviane nela aos poucos. Com a terapia e um pouco de paciência, acho que pode dar certo.

---
* "Pelas ranhuras da pele, subi ao topo/ Subi a árvore para ver o mundo/ Quando as rajadas chegaram para me mandar abaixo/ Segurei tão forte quanto você me segurou/ Segurei tão forte quanto você me segurou/ Porque construí uma casa/ Para você/ Para mim/ Até desaparecer/ De você/ De mim/ E agora é hora de partir e virar pó."

O pai da "amiga" do Lucas é um cara legal e consegue ler todas as entrelinhas. É foda porque ele me faz voltar a assuntos anteriores às drogas, como o assassinato do meu pai e a culpa que carreguei por muito tempo por não tê-lo salvado.

A terapia na clínica também abordou isso e retomar me faz sofrer de novo, mas agora com uma outra perspectiva.

Acho que o que mais fiz nas primeiras sessões foi falar da morte: do meu pai, da minha irmã, as minha mãe... Do Lucas que, apesar de vivo, é tão envolvido pela morte quanto eu.

É óbvio que quem divide o tempo igualmente com a minha dor é a Viviane. Carlos, o terapeuta, chama minha atenção sobre isso. Que o amor e a dor ocupam meu coração, e me questiona por que deixo a dor vencer.

Ainda não tenho resposta para isso.

Toda segunda quinta-feira de cada mês, à tarde, visito Gigante na cadeia. Ele foi preso no ano passado por assalto à mão armada. Sei que eu devia me afastar de tudo o que me leva para a minha turbulenta vida anterior, mas ele é meu amigo e salvou a vida de todos nós. Ele consertou a merda que eu fiz quando invadiu o cativeiro para me tirar de lá bem no momento em que Vitinho ia matar Viviane.

— Cara, você não falha — ele me abraça, sorrindo.

— Jamais.

Conversamos sobre os últimos quinze dias. Eu conto sobre a volta de Viviane e ele segue me contando sobre como é difícil ficar fora do crime dentro da cadeia, que tudo é ainda mais pesado do que quando estava fora.

— Você me inspirou, mano — ele diz, batendo no meu ombro. — Não tenho uma mina dessa aí pra me dar força, mas tô tentando ficar limpo.

— Fico feliz, cara. De verdade.

— Não se anima muito. Pode dar tudo uma merda do caralho, mas tô tentando.

— Ok.

— Tá sabendo do Tico? — ele se refere a um moleque que cresceu comigo, conheço toda a família dele.

— A última vez que a gente se falou foi quando ele me pediu droga e eu quase dei uma surra nele.

— É, você me contou essa fita aí. — Seu tom de voz é pesaroso, e eu estremeço.

— O que tem de novo? — É o tipo de pergunta que odeio fazer, quando sinto que será difícil lidar com o que a resposta pode trazer.

— Overdose. — Ele balança a cabeça, demonstrando tristeza. — Acharam ele semana passada. Meu irmão que me contou.

— Merda... — Não sei nem o que sentir.

Não lembro o que mais Gigante e eu falamos. O impacto da morte do Tico caiu sobre mim como uma bomba.

Você pode tentar fugir do seu passado, mas ele sempre descobre um jeito de te achar e te foder.

27
Viviane

And I won't go, and I won't sleep, and I can't breathe
until you're resting here with me
And I won't leave, I can't hide, I cannot be, until
you're resting here with me.
— Dido, "Here With Me"*

Passo o dia inteiro preocupada com Rafael. Uma sensação horrível me toma quando a noite se aproxima.

Ligo para ele, para o bar, mas ninguém sabe onde ele está.

Decido mandar uma mensagem para o Lucas, a que ele responde prontamente:

> Vivi, tô na faculdade.
> Mas uma quinta sim outra não o Rafa visita o Gigante na cadeia.
> A essa hora ele já costuma ter voltado.
> Não tá na balada?

> Não, liguei pra lá.

Não quero preocupar o Lucas, mas não sei mais o que fazer. Procurar o Rafa e não encontrá-lo acaba comigo.

---

* "Não irei, não dormirei, não posso respirar/ Até você repousar aqui comigo/ Eu não partirei, não posso esconder, e eu não posso ser/ Até você repousar aqui comigo."

> Deve tá em casa, então. Vou sair daqui e ir pra lá, mas tô sem carro.
> Vou demorar.

> Acho que vou pra lá.

Não vou aguentar ficar aqui sem notícias.

> Tá bom. Vou ligar pro porteiro e dizer pra ele abrir pra você.
> Eu fiz uma cópia da chave pra situações de emergência. Mas não deve ser nada.
> Tá colada atrás do extintor.

Respondo agradecendo e dizendo que o encontro lá mais tarde, depois saio de casa. Espero que esse pressentimento seja apenas coisa da minha cabeça...

Quando chego ao apartamento, nem preciso da chave. A porta está entreaberta, e o lugar, na penumbra.

Entro devagar, sem saber o que vou encontrar ali. Da última vez que cruzei uma porta assim, vi minha mãe desmaiada por ter tentado suicídio depois da morte do meu pai. É impossível evitar essas lembranças.

Diferente do silêncio sepulcral que preenchia o quarto da minha mãe, soluços repletos de dor chegam até meus ouvidos.

Abro a porta e a luz do corredor permite que eu aviste Rafael caído no chão, sobre os joelhos, bem no meio da sala.

Corro até ele, me ajoelhando a seu lado.

— Rafa, o que houve? — pergunto ao tocar seu ombro.

Assustado, ele empurra minha mão e continua chorando, murmurando palavras desconexas.

Desde que descobri que Rafael tem crises de pânico, conversei muito com Mila, então sei que ele está tendo uma agora. Ela me disse que em alguns casos mais extremos a pessoa chega até a alucinar. É claro que Rafa teria o caso mais extremo... É como se a vida não cansasse de bater nele.

Não sei bem o que fazer além de esperar passar. Logo os soluços dele se misturam aos meus.

Quero muito tocá-lo, mas tenho medo de o assustar mais uma vez. Abaixo e levanto a mão algumas vezes até que ele a agarra, entrelaçando os dedos nos meus.

Presente e passado se misturam diante de mim. Estou com Rafael em uma crise de abstinência, estou com Rafael em uma crise de pânico... Não importa. Estou com ele e permanecerei com ele.

Meu coração se despedaça por vê-lo tão ferido. Quero culpar Deus, quero culpar alguém, mas sei que ninguém merece essa acusação. Nem nós mesmos. Apesar de sermos frutos de nossas escolhas, nem sempre somos responsáveis por elas.

Não dá para julgar alguém que está perdido por ter tomado o caminho errado, mesmo que isso faça você se perder também. O máximo que podemos fazer é estender a mão para ele e segurar forte, torcendo para que a nossa luz seja suficiente para os dois.

Não há nada que eu possa fazer por Rafael além de permanecer a seu lado e torcer para que dessa vez isso seja suficiente.

28
RAFAEL

He said,"I am the devil, boy, come with me
And we'll make many storms"
He offered me the universe
But inside my heart there's a picture of a girl
Some call love a curse, some call love a thief
But she's my home
And she's as much apart for this broken heart
But see, broken bones always seem to mend
I'll taste the devil's tears
Drink from his soul but I'll never give up you.
— Angus and Julia Stone, "The Devil's Tears"*

QUANDO TENHO UMA crise de pânico, sinto muito frio. Doutor Carlos, meu terapeuta, disse que é uma reação do corpo e, assim como a crise em si, a causa é psicológica.

Por isso, fico surpreso ao perceber que dessa vez meu corpo está aquecido. Entre a tristeza pelo que passei e a vergonha de estar acompanhado, me dou conta de que é Viviane quem está comigo.

Minha camiseta está molhada de suor. Isso não parece importar para a garota mais especial desse planeta. Viviane está deitada no chão, abra-

---

* "Ele disse: 'Eu sou o diabo, rapaz, venha comigo/ E nós faremos muitas tempestades'/ Ele me ofereceu o universo/ Mas dentro do meu coração tem a imagem de uma garota/ Alguns chamam o amor de maldição, alguns chamam o amor de ladrão/ Mas ela é o meu lar/ E ela está tão distante para este coração partido/ Mas, veja, ossos quebrados parecem sempre se consertar/ Eu vou provar as lágrimas do diabo/ Beber da sua alma, mas eu nunca vou desistir de você."

çada a mim. Nossos dedos estão entrelaçados. Abro a mão devagar e sinto que eles estão dormentes.

— Me desculpa — digo, me sentando lentamente. — Apertei sua mão.

— Está tudo bem — ela responde, mas massageia os dedos discretamente.

— O que tá fazendo aqui? — Minha voz está baixa.

— Tive um mau pressentimento. — Sua sinceridade me comove.

As lágrimas marcam seu rosto e é visível que Viviane está assustada.

— Eu achei que estava melhorando. Estava mais fácil, sabe? — tento explicar, ainda sem saber que palavras usar. — Um amigo morreu de overdose. Quer dizer, não éramos mais amigos, mas já fomos muito, quando crianças. É foda essas merdas que a vida tem. Ele não era um cara mau, só...

— Estava perdido — ela completa, com um sorriso triste, ajeitando-se para se sentar ao meu lado.

— É... Como eu, né?

— Sim, mas você não está mais perdido, Rafa. — Ela se enrosca em meu braço e apoia a cabeça no meu ombro. — Você está cansado, porque sua jornada foi longa, mas não está perdido.

— Será que não?

— Não. Você disse que estava melhorando. Não é "estava". Você está. Meu pai dizia que a verdadeira coragem aparece perante nossos maiores medos. Você enfrentou muita coisa e continua lutando, mesmo com medo. — Seu tom de voz vai caindo direto em meu coração, enquanto ela me acaricia devagar. — Sei que parece muito difícil agora, mas pense em tudo a que você já sobreviveu. Tudo a que nós dois sobrevivemos.

— Sua fé em mim... — suspiro, estou realmente muito cansado. — Como consegue?

— É bem simples, na verdade. Eu vejo o potencial que você não vê. Há muita dor em você e ela te cega. Eu vejo por trás dela. Vejo quem você é de verdade.

— Um caos ambulante... — Não escondo de Viviane como me sinto. Ela descobriria mesmo que eu mentisse.

— Você é o homem que eu amo, não importa o tanto de caos que haja aí dentro.

— Às vezes me sinto no inferno. — Coloco as duas mãos na cabeça.

— Não. Você já foi ao inferno, Rafa, e voltou. — Ela me olha tão livre de julgamento que quase consigo acreditar que sou bom o suficiente para ela. — Ainda tem as marcas para provar, mas você voltou.

A camiseta molhada de suor faz com que eu comece a sentir frio.

— Vou tomar um banho.

— Ok.

Eu me levanto e ela me acompanha. Pelo brilho em seu olhar sei que não vai me deixar sozinho. Ela reconhece que preciso dela hoje mais do que nunca.

— Você vem comigo... — tento fazer uma pergunta que acaba saindo como afirmação.

— Eu sempre irei com você, Rafa. Tá difícil entender isso? — ela ergue uma sobrancelha. Tão voluntariosa, mesmo nas situações mais difíceis.

— Acho bom. Isso me poupa o trabalho de te jogar nas costas e te levar na marra para onde eu for.

Ela dá uma gargalhada que soa tão bem aos meus ouvidos, e por um momento leva toda a escuridão do meu coração embora.

Pego algumas peças de roupas para nós no quarto e seguimos para o banheiro.

Viviane tranca a porta e se vira para mim. Ela tira minha camiseta, desabotoa minha calça, abaixa-a e faz o mesmo com a cueca, enquanto tiro os tênis usando um pé para empurrar o outro.

Abro o chuveiro e ela se despe, entrando debaixo da água comigo. Observo-a pegar a bucha, passar sabonete e ensaboar delicadamente meu corpo.

Ela começa cantarolar baixinho "There You'll Be", da Faith Hill. Conheço a música porque é tema do *Pearl Harbor*, e o Lucas me fez assistir a esse filme umas três vezes.

Não sei se a escolha da música é proposital, mas ela traduz muito bem o que somos.

When I think back on these times
And the dreams we left behind
I'll be glad 'cause I was blessed to get
To have you in my life.

When I look back on these days
I'll look and see your face
You were right there for me... *

A voz de Viviane é doce e delicada. O tom baixo lhe dá uma rouquidão sedutora.

— Fecha os olhos, Rafa — ela interrompe a música para me pedir isso, mas logo recomeça a cantar.

Eu a obedeço. Eu faria qualquer coisa que ela pedisse.

Suas mãos massageiam meus cabelos delicadamente, ensaboando-o. Seu cuidado me acalma, me encanta, me regenera.

O toque dela hoje não tem nada a ver com sexo. Ela quer cuidar de mim, quer me mostrar que somos muito mais do que paixão desenfreada.

O mais surpreendente é que isso me faz amá-la ainda mais. É tudo o que preciso ser neste momento: o cara na ponta dos seus dedos.

---

* "Quando me lembrar desses momentos/ E dos sonhos que deixamos para trás/ Eu ficarei feliz, pois fui abençoada/ Por tê-lo em minha vida.// Quando me lembrar desses dias/ Vou olhar e ver seu rosto/ Você estava lá para mim."

29
Viviane

> *I'm falling even more in love with you*
> *Letting go of all I've held onto*
> *I'm standing here until you make me move*
> *I'm hanging by a moment here with you.*
> — Lifehouse, "Hanging by a Moment"*

Na manhã seguinte, estamos tomando café e conversando sobre os dotes culinários do Lucas. Acabei dormindo aqui. Não ia conseguir me afastar sabendo o que ele estava passando.

— Rafa... — crio coragem para abordar o assunto que venho evitando. — O que você sente?

Lentamente, ele coloca a caneca de leite sobre a mesa e me encara. Não preciso completar o raciocínio para que ele entenda que estou me referindo às crises de pânico.

— É estranho. Em uma hora estou bem e na outra, estou um lixo — ele começa a me explicar. — É diferente da abstinência, que eu não conseguia evitar, mas sabia quando estava se aproximando. Com as crises parece que é inconstante: tem horas que dá pra ter uma noção, mas já tive pânico do nada também.

— Deve ser assustador.

---

* "Estou me apaixonando cada vez mais por você/ Deixando para trás tudo ao que eu havia me apegado/ Estou aqui parado até que você faça eu me mover/ Estou esperando por um momento aqui com você."

— Não é bom, mesmo. O pior de tudo é a sensação que predomina — ele pressiona os lábios e desvia o olhar. — Morte...

Morte. Devia ser proibido por lei que Rafael se sentisse dessa forma depois de tudo que já viveu. Foi a morte que o levou a essa situação e agora ela volta para assombrá-lo.

Ficamos em silêncio, apenas nos olhando. Rafael segura a minha mão e a aperta de leve.

Ele sorri e vejo tudo em sua expressão.

É preciso muito mais do que a morte, ou tudo o que ela implica, para me fazer deixar de amá-lo.

Em meu coração, reúno toda a fé que um dia meu pai me ensinou a ter.

Isso vai passar.

30
RAFAEL

> *I was young, but I wasn't naive*
> *I watched helpless*
> *As he turned around to leave*
> *And still I have the pain I have to carry*
> *A past so deep that even*
> *You could not burry if you tried.*
> — Lifehouse, "Blind"*

VIVIANE E EU estamos atingindo um ritmo bom novamente, mas ainda não retomei a ideia de nos casarmos. Melhor dar um passo de cada vez. Nossa, ir devagar soa tão errado em meus pensamentos, mas na prática tem dado tão certo...

Saio do meu quarto, pronto para ir ensaiar com o Lex, quando o Lucas abre a porta do apartamento. Basta um olhar sobre ele para eu saber que há algo errado.

Mando uma mensagem para o Lex dizendo que vou me atrasar. Lucas e eu temos um acordo que nem sei direito como começou. Nós nos damos espaço e esperamos que o outro fale. Só pressionamos em último caso.

Ele senta no sofá, liga a televisão e o videogame. Vixi...

---

* "Eu era jovem, mas não ingênuo/ Eu assisti sem poder fazer nada/ Enquanto ele se virava para ir embora/ E eu ainda tenho a dor que devo carregar/ Um passado tão profundo que nem mesmo/ Você poderia enterrar se tentasse."

Observo-o iniciar uma partida de futebol e me sento ao seu lado.

— Vai jogar? — ele me pergunta, me estendendo o controle sobressalente.

— Opa — aceito o convite.

A tristeza dele é palpável e me machuca como se fosse minha.

Depois que terminamos o primeiro tempo, e eu obviamente estou tomando uma surra, ele começa a falar:

— Ultimamente o Rodrigo tem falado muito sobre ser autoimune. No começo pareceu bobeira, mais uma das loucuras dele, sabe? — Coço a cabeça, sem entender nada. Mas o Lucas tem dessas. Ele vai jogando o assunto no ar até que finalmente fica compreensível. — Mas agora tô pensando que pode ser bom.

— Primo, que porra é essa? — pergunto, ao mesmo tempo em que tomo um gol.

— A Carla, menina com quem eu tava saindo — ele diz como se fosse óbvio.

— Ela é autoimune a quê? — E continuo sem entender nada.

— Não, ela não é. Quer dizer, talvez seja e o problema esteja aí. Mas sou eu que tô querendo ser.

— Eu acho que tô perdendo pedaços dessa conversa.

— Ah, Rafa, vou resumir: ela não quer nada sério, não. Tá ficando com outro cara da facu. — Puta que pariu! De novo? — E eu, como sempre, fui o último a saber. Mas beleza. É aí que entra a autoimunidade. O Rodrigo diz que tá vivendo assim agora e dói menos. Nunca levei a sério, mas agora tô querendo.

— E o que é ser autoimune? — A conversa está tão confusa que só posso pensar merda. Resolvo ir para um caminho em que ou acertarei na mosca ou o farei rir; de qualquer forma, acho que vai aliviar a porra da tensão que está inundando o apartamento. — Primo, o Rodrigo é gay e você descobriu que é também ou tá querendo ser também? Porque, se esse for o caso, vou te apoiar completamente. Mas você sabe que não é uma escolha, certo?

Lucas me encara por alguns segundos antes de explodir em uma gargalhada. Ótimo. Bem melhor assim.

— Não. Gostamos de mulher, mesmo. E você sabe bem quem é a mulher de quem o Rodrigo gosta. — Pior que sei e posso prever muita água passando por baixo dessa ponte ainda... — Ele diz que tem que ter um limite para o sofrimento, que chega uma hora em que devemos parar e tocar o foda-se. Ele chegou a esse limite com ela. E eu tô chegando com amores em geral. Já deu.

Que conselho eu posso dar sobre o amor? Desde que o encontrei, não o superei e não pretendo superá-lo. É muita ingenuidade achar que dá para bloquear algum sentimento do coração.

— E como ele pretende parar de sofrer?

— Imunizando a si mesmo. Parando de se apegar. Pegando geral sem pensar. Coisas assim.

— Ah, o Rodrigo acha que pode autoimunizar o próprio coração? — Nunca ouvi algo mais absurdo na vida.

— Pode funcionar, acho.

Discordo completamente, mas não é a hora de expor isso. Não quando Lucas está com o peito aberto por mais uma ferida certeira.

Então eu me calo, enquanto tomo uma goleada.

Se eu que já passei por tanta merda não posso dizer que tenho tanta experiência assim no amor, o que dizer desses dois?

Esses garotos ainda têm muito que aprender.

Mas se tem algo que eu aprendi é que o tempo é nosso maior professor. Cedo ou tarde, querendo ou não, a lição chega e aí são dois caminhos: aprender ou sofrer.

31
Viviane

> *Oh, for you*
> *Oooh, Ooh Ooh, I'd leave it all*
> *Give me one good reason*
> *Why I should never make a change*
> *And baby if you hold me*
> *Then all of this will go away.*
> — George Ezra, "Budapeste"*

Branca Albuquerque está em um relacionamento sério com Lex Rocha

Leio a atualização de status da Branca me sentindo dividida. Ela é minha amiga e a quero bem, mas o ruído de pneus cantando que ouvi quando Rodrigo saiu de casa há alguns segundos indica que não fui a única a dar uma olhada no Facebook.

Curiosamente, a mensagem de Rafael surge no meu celular:

> O que vc sabe sobre autoimunidade?

---

* "Ah, por você/ Eu deixaria tudo/ Me dê uma boa razão/ Por que eu nunca devo fazer uma mudança/ E, baby, se você me abraça/ Então, tudo isso vai embora/ Me dê uma boa razão/ Por que eu nunca devo fazer uma mudança/ E, baby, se você me abraça/ Então tudo isso vai embora."

> O Rodrigo vem repetindo algo assim.
> Por quê?
> Viu que a Branca e o Lex se assumiram de novo?

Como assim?

> Facebook.

Ah, nessa porra de vitrine onde vocês colocam tudo o que fazem na vida?

> É legal, Rafa. Não seja idiota.

Ok haha
Vc sabe que não tenho conta
no todo-poderoso Facebook, então não vi.

> Por que perguntou da autoimunidade?

O Lucas me contou. Tô preocupado com ele.
Deu ruim outra vez.

> Ah, que droga...

Eu passo aí daqui duas horas e
conversamos mais sobre isso,
e sobre esse caralho de autoimunidade.
Tá de pé o almoço com seus avós ainda?

> Sim.
> Meu avô só falou disso a semana inteira, rs

Beleza. Logo mais chego pra ver o velho que me adora.

Adora mesmo e você sabe. Sorte sua.

Ah, claro. Ou ele já teria morfado para Don Corleone e pedido a minha cabeça.

Idiotaaaaaa! hahahaha

32
RAFAEL

And I won't let you go
And I won't let you down
I won't give you up
Don't you give up on me now
What do I have to do
To try to make you see
That this is who I am
It's all that I can be.
— Lifehouse, "Good Enough"*

— **AQUELE GAROTO** me enche de orgulho. — O avô de Viviane fala sobre o Lucas enquanto almoçamos no restaurante.

Sério, seus olhos brilham de verdade ao citar todas as qualidades do meu primo. É bonito de ver, não nego.

— A mim também — respondo, feliz por ver que, apesar do azar no amor, Lucas encontrou seu caminho profissional.

Para Lucas, foi mais fácil aceitar tudo o que implica ser parte da família de Viviane. Fernando Villa pode ser um homem bastante dominador e intimidador, mas meu primo tira isso de letra.

---

* "E eu não vou deixar você partir/ E não vou te decepcionar/ Eu não desistirei de você/ Não desista de mim agora/ O que eu tenho que fazer/ Para tentar fazer você ver/ Que este é quem eu sou/ E isso é tudo que eu posso ser."

Com intimidação nunca tive problema e o avô da Vivi sabe muito bem disso, mas já tivemos algumas discussões sobre o modo como eu levava minha vida e como encaro meus problemas.

— Ainda não superei a ideia que ele teve para a última campanha — Fernando continua, me contando mais sobre a conta. — Ele nasceu para isso.

O almoço transcorre muito bem. Fernando pode ser um homem durão, mas ele me adotou, tanto quanto Lucas. Não posso esquecer tudo que ele já fez por minha recuperação.

— Depois você vai comigo, então... — a avó de Viviane diz para ela, sobre uma peça de roupa que precisa trocar no shopping.

Estou prestes a me oferecer para levá-las, quando alguém diz atrás de mim:

— Que coincidência.

Eu me viro na direção da voz e reconheço Bernardo, acompanhado da mãe. Coincidência o caralho...

Observo, calado, Viviane se levantar e beijar o amigo e a mãe. Aperto a mão dele, porque a educação ainda é maior que a vontade de quebrar a cara desse moleque.

Franzo a testa e troco um olhar com Viviane, que me olha preocupada. Eu sorrio, fingindo que não me importo com a presença dele.

O avô se levanta para cumprimentar o rapaz que um dia ele desejou ser marido de sua neta.

Fernando os convida para se sentar conosco, e Bernardo, todo sorridente, aceita.

E eu sou só sorrisos para ele e os outros, mas é inevitável pensar em como as coisas seriam diferentes se eu nunca tivesse aparecido na vida de Viviane.

33
Viviane

> *Trying to forget you, babe*
> *I fall back down*
> *Gotta stay high all my life*
> *To forget I'm missing you.*
> — Tove Lo, "Habits (Stay High)"*

À noite, marcamos um churrasco na casa do tio Túlio. É a primeira vez que todos nós estaremos no mesmo lugar.

Entro de mãos dadas com Rafael.

— Mestre da paudurecência! — Branca dá um gritinho antes de se jogar nos braços de Rafael, que começa a rir.

— Dá uma segurada aí, Branca, que tô sabendo que você é uma mulher comprometida agora. — Rafa ergue as mãos quando ela o solta.

— Tá pra nascer o homem que vai mandar em mim — ela responde, dando de ombros, com Lex a puxando pela cintura e lhe roubando um beijo.

Ao longe, sentados na varanda, Bernardo, Lucas e Rodrigo bebem. E, pela quantidade de garrafas vazias em volta deles, começaram faz tempo. E eu pensando que uma crise do Rafael seria minha única preocupação nessa noite...

---

* "Tentando esquecer você, querido/ Eu desmorono outra vez/ Tenho que ficar chapada a vida toda/ Para esquecer que estou sentindo sua falta."

Bom, pelo menos Fernanda e Clara deixaram seus filhos com as avós. Assim nenhuma criança os verá "enchendo o latão" dessa forma.

As horas passam, e, apesar de os três estarem visivelmente bêbados, a noite segue bem divertida. Rafael, Augusto e Lex conversam animadamente.

Passo por Bernardo, Lucas e Rodrigo, e o papo não podia ser outro.

— Amar não pode ser dar murro em ponta de faca. Se dói mais do que dá prazer, não é pra ser. Eu não vou ser o cara que acredita em algo que não vai acontecer. — Rodrigo segue explicando suas teorias. Fico triste por ver meu irmão magoado, mesmo que ele finja que tudo não passa de uma brincadeira.

— Eu tô pensando no seguinte: agora se eu quiser uma mulher e ela quiser também, vou pegar e pronto. Sem pensar nessa porra toda de amor — Lucas diz, indignado.

— Melhor coisa — Bernardo assente, procurando Clara com o olhar.

— Autoimunidade é o que há de melhor, meus caros — Rodrigo afirma, orgulhoso de sua criação, e os três levantam as garrafas de cerveja e brindam. — Vou patentear essa merda.

— Falando em mulher, essa Clara, amiga de vocês, é gata, hein? — Lucas tem que estar mesmo muito bêbado para não perceber o olhar mortal que Bernardo lhe lança. — Mas ela é casada e fora do meu alcance... — Ele levanta, tropeçando.

Vou atrás dele e o faço beber um pouco de água. Lucas suspira e me abraça. Ai, Deus... Como um cara como ele não dá sorte?

Maurício, como sempre, é o primeiro a falar em ir embora. Clara se levanta e entra na sala para pegar a bolsa.

Pelo canto dos olhos vejo Bernardo se levantar e ir atrás dela. Ah, droga.

Sem nem pensar, eu os sigo sob o olhar do Rafael. Seria bom que ele captasse o sinal, porque, se o Bernardo fizer o que estou pensando e o Maurício entrar lá, a casa vai cair.

Como eu suspeitava, Bernardo está conversando com Clara, que não parece muito feliz com o rumo da conversa.

— Bê... Você está bêbado. Chega de beber por hoje, tá? — ela pede, segurando a mão dele e dando dois passos para se afastar.

Ele ainda tenta segurar o braço dela, mas me coloco entre eles.

— Ela precisa saber... — ele murmura enquanto Clara sai da sala, abalada.

— Ela sabe, Bê. Pode não querer aceitar e nem lidar com isso, mas ela sabe.

A desolação se soma aos efeitos do álcool e Bernardo parece prestes a desabar. Eu o abraço e ele me aperta forte, tentando encontrar o apoio que precisa para se recuperar.

Alguns minutos se passam e finalmente nos soltamos. Bernardo passa a mão pelos cabelos e vejo lágrimas brilhantes em seus olhos.

— Não sei o que eu faria sem você, Vivi.

— Para com isso. Somos uma dupla, lembra? Me sinto da mesma forma. Te amo, Bê, e só quero te ver bem.

Ele me puxa para outro abraço bem no momento em que ouvimos a voz de Rafael atrás de nós:

— Acho que tá na hora de alguém me contar que porra aconteceu em Londres.

34
RAFAEL

Shelter, you better keep the wolf back from the door
He wanders ever closer every night
And how he waits, baying for blood
I promised you everything would be fine
You've been wandering for days
How you felt me slip your mind
Leave behind your wanting ways
I want to learn to love and kind
Cause you were all I ever longed for.
— Mumford & Sons, "The Wolf"*

OS DOIS ME olham sem entender e não se afastam de imediato, como seria o esperado. Tá, a cada minuto fico mais puto!

— Rafa, do que você está falando? — Viviane o solta e caminha até mim. Estou parado de braços cruzados bem na porta da varanda.

— Vocês dois. — Aponto com a cabeça para Bernardo, que mantém a expressão confusa. — Tá na cara que se pegaram por lá. Nós dois não estávamos juntos, então não posso falar nada. Mas tá rolando essa porra ainda. Tá na cara.

---

* "Abrigo, é melhor manter o lobo atrás da porta/ Ele vaga cada vez mais próximo a cada noite/ E, como ele espera, uivando por sangue/ Eu te prometi que tudo iria ficar bem/ Você esteve viajando por dias/ Como você me sentia, você já esqueceu/ Deixe para trás os desejaos/ Eu quero aprender a amar e ser gentil/ Porque você era tudo pelo que eu mais ansiava."

— Isso é paranoia sua. Não tem nada acontecendo. — Viviane coloca a mão sobre a minha e eu a afasto bruscamente.

Basta um segundo para Bernardo vir e se colocar entre nós.

— Cara, não fode — ele avisa. A confusão indo embora e ele pronto para a briga.

Viviane tenta entrar na frente dele e ele a mantém para trás com o braço. Olho de um para outro, meu sangue fervendo. A raiva me consumindo.

Teimosa, Vivi tenta interceder, mas Bernardo e eu nos encaramos como gladiadores, a rivalidade transbordando.

"Psycho Killer", do Talking Heads, começa a tocar lá fora e eu até tento me concentrar na música e me acalmar, mas não dá. Então, sem pensar duas vezes, acerto a cara do Bernardo.

— Filho da puta! — Desprevenido, ele cambaleia para trás.

Viviane grita. Ele se ergue. Eu me preparo.

Bernardo se recupera em instantes e, com o álcool explodindo em seu sangue, vem para cima de mim.

Ele tenta me acertar um murro de direita. Eu desvio, e, quando ele sorri, não tenho tempo de entender porque ele me acerta com a esquerda no queixo.

Não estou acreditando que esse mauricinho me acertou. O lábio dele está cortado e o sangue escorre sem parar. Viviane está desesperada, mas agora não tem mais como controlar a situação.

Bernardo joga o peso do corpo contra mim e me desequilibro no degrau da varanda. Caímos e continuamos. Murros e mais murros. Nunca pensei que diria isso, mas ele também é duro na queda.

Não estou raciocinando mais. A voz que me diz para parar é mais baixa que a raiva acumulada por minhas desconfianças.

— Pelo amor de Deus, parem com isso! — Viviane grita.

Lex me pega desprevenido e me dá uma chave de braço. Lucas o ajuda, me empurrando para longe. Esses filhos da puta têm experiência em me tirar de brigas.

Bernardo se senta no chão, cuspindo sangue. O gosto metálico na minha boca me faz perceber que ele não é o único machucado.

— Alguém pode me explicar o que está acontecendo aqui? — Túlio pergunta, irritado.

Antes que Bernardo e eu possamos dizer algo, Viviane nos impede:

— Se há uma explicação racional para o que aconteceu, eu não vou ficar aqui para ouvir. — E sai em direção à porta da casa, seguida por seus avós.

— Viviane! — Tento me soltar, mas Lex e Lucas não permitem.

— Não, cara. Nem sei como resolver essa merda agora — Lex me recrimina, e, se ele está falando assim, posso ter certeza de que a merda foi gigantesca. — Deixa ela ir.

35
Viviane

Like Johnny and June
And when we're gone there'll be
No tears to cry
Only memories of our lives
They'll remember
Remember
A love like that.
— Heidi Newfield, "Johnny & June"*

— **Em defesa** do bad boy júnior, eu também achei que você e o Bernardo tiveram algo em Londres. Todos acham isso — meu avô tenta interceder por Rafael. Estou andando de um lado para o outro na sala de estar da casa deles. — Deu para ver como o Rafael ficou incomodado hoje no restaurante.

— Vô, você não está defendendo o Rafa. Não é possível!

Estou muito zangada, muito mesmo. Por que Bernardo e Rafael tinham que brigar? E meu avô ainda o defende!

Nervosa, tropeço na mesinha de centro, e me sento no sofá de couro preto.

— Querida, sei que está chateada — minha avó se senta ao meu lado e segura minha mão —, mas você devia ouvir o seu avô.

---

* "Como Johnny e June/ E quando nós formos embora/ Não haverá lágrimas para chorar/ Só lembranças de nossas vidas/ Eles vão lembrar/ Lembre-se/ De um amor como aquele."

Arregalo os olhos, espantada. O que está acontecendo? Eu tinha certeza que depois disso todos iam querer matar o Rafael.

— Estou cansada, vó. O que aconteceu hoje não dá para entender.

— Eu não estou dizendo que ele esteja certo e nem que violência seja a resposta para tudo, mas o Rafael até que se segurou bem. Eu teria batido no Bernardo no dia em que vocês voltaram de Londres — meu avô diz, puxando um dos bancos do canto para se sentar à minha frente, e minha avó assente. — Sei que ele devia ter confiado em você, mas nem sempre a cartilha funciona, *cariño*. Quantas vezes eu te aconselhei a não ficar com ele?

— Muitas.

— E você não me ouviu em nenhuma delas. Mais uma vez, não quero justificar a atitude ou colocá-lo como inocente, mas o garoto perdeu as pessoas que ama, lutou para sair das drogas, sofre com medo das recaídas e ainda tem que passar por essas crises de pânico. Acho que essa confusão toda de hoje estava prevista há muito tempo.

— O Rafa não pode achar que bater no Bernardo resolve tudo.

— Bem, vamos recapitular: ele já se drogou na sua frente, tentou ficar com outra mulher na sua frente, fez com que seu irmão levasse um tiro e vocês perdessem o bebê. — Ele aperta minha mão, enquanto fecho os olhos, tentando afastar as lembranças. — Você perdoou tudo isso. Mas, me diga, na cabeça do Rafael, quem é que sempre afasta vocês? Mesmo que seja sim paranoia dele, quem é essa pessoa?

— O Bernardo. — Nem preciso pensar muito para responder.

Pela primeira vez na noite, agradeço por minha mãe ter decidido ficar em casa. Desde que voltei, tivemos inúmeras conversas sobre meu relacionamento e algo me diz que ela concordaria com o vovô.

— Então, a cabeça do Rafael deve estar um caos sem tamanho. Vocês devem conversar, e ele tem que se recuperar e parar de agir assim, mas não acho que você deva ser tão dura. — Encaro meu avô, tentando entender como ele parece compreender tanto Rafael. — Lucas me contou uma vez que Rafael costumava se referir a você como a June dele, e sua alma atormentada de Johnny Cash — vovô diz, e me pergunto o que mais o Lucas lhe contou. — Mal sabia ele que havia um exemplo ainda mais próximo para vocês: sua avó e eu. — Olho de um para o outro. — Eu nem sempre fui um homem bom, meu amor. — Ele acaricia meu rosto e lança um sorriso para a minha vó. — Sua avó sofreu tanto quanto você até que nos acertássemos.

Meu pai sempre contava histórias sobre o meu avô, mas ele nunca entrou em nenhum assunto como esse... Por isso, eu jamais poderia suspeitar de algo como o que estava ouvindo agora.

— Às vezes estamos assustados demais para perceber o tamanho do amor que está bem à nossa vista, e fazemos *una mierda* atrás da outra. — Os olhos verdes de meu avô refletem um brilho triste. — Temo que seu irmão ainda sofrerá do mesmo mal que eu. Mas essa é outra história. Agora temos que nos concentrar em você e Rafael.

— Não sei se vou dar conta, vô — e, finalmente, deixo as palavras que me afligem saírem. — Se o Rafael tem uma porção de medos no que se refere a nós, eu tenho apenas um: não aguentar o impacto da bomba toda vez que ela explodir.

— Ah, você aguenta — minha vó envolve a minha mão e a de meu avô entre as suas. — Não estou dizendo que será fácil, mas o amor nunca é, meu anjo. Até que tudo se encaixe, há muitas explosões e feridas, quando o sentimento é muito intenso. E, temos que concordar, Rafael é uma bela porção de intensidade.

— Ele não pode sair por aí batendo nas pessoas.

— Nem acho que vai — meu avô o defende outra vez.

— Não sei. Preciso pensar.

É claro que não vou guardar raiva de Rafael por muito tempo. Ele já fez coisas bem piores e perdoei... O que não quero e nem vou é aceitar o que ele fez com Bernardo.

36
RAFAEL

Dear God, the only thing I ask of you is
To hold her when I'm not around
When I'm much too far away
We all need that person who can be true to you
But I left her when I found her
And now I wish I'd stayed
'Cause I'm lonely and I'm tired
I'm missing you again, oh, no
Once again.
— Avenged Sevenfold, "Dear God"*

AINDA TENTO IR atrás de Viviane, mas Lucas e Lex jogam a força do corpo deles contra mim, me derrubando no chão.

Caio de costas e fico parado, olhando para o céu estrelado por alguns minutos. Como vou consertar essa merda?

Como uma resposta para as minhas preces, Bernardo fica em pé diante de mim e me estende a mão direita, enquanto limpa o sangue dos lábios com a esquerda.

Todo mundo permanece em silêncio, mas ninguém parece ter medo de que a briga iria recomeçar. Não aceito a mão dele, mas me sento.

---

* "Querido Deus, a única coisa que peço é/ Que a abrace enquanto eu não estiver por perto/ Quando eu estiver muito distante/ Todos nós precisamos daquela pessoa que pode ser verdadeira com você/ Mas eu a deixei quando a encontrei/ E agora eu desejo ter ficado/ Pois estou sozinho e cansado/ Estou sentindo sua falta de novo, ah, não/ Mais uma vez."

Bernardo se senta à minha frente e, pela careta que faz, acho que machuquei uma de suas costelas também. Ele faz um sinal para o pessoal e aos poucos todos entram na sala, nos deixando sozinhos. Túlio ainda para na varanda, ao longe, conversando com Lex e nos observando, mas ninguém mais pode nos ouvir.

— Eu podia deixar você morrer na dúvida, cara. Podia, e no momento acho que você merecia. Mas eu sei como é amar alguém de um jeito que dilacera o peito. Sei como é ficar com a respiração acelerada quando ela chega perto. Sei como é viver preso a um amor que não vai embora, não importa quanto tempo passe. — Ele passa a mão no peito como se o sentimento pudesse doer de verdade, e acho que pela primeira vez sinto uma conexão com Bernardo. — Então, eu vou falar uma vez só e, se você não acreditar, lavo minhas mãos: Viviane e eu não ficamos juntos em Londres.

É difícil acreditar. Confesso. Mas, se esse cara está mentindo, ele merece um prêmio, porque cada palavra transpira verdade.

— Acho que eu te dei uma surra à toa, então.

— Você me deu uma surra? — Ele gargalha. — Tenho certeza de que o Rodrigo filmou tudo. Depois eu te mostro quem deu uma surra em quem.

— Não preciso de vídeo pra lembrar de como acertei esse seu rosto perfeitinho.

Levantando-se, Bernardo me estende a mão outra vez e agora eu a aceito.

— Eu devia ter perguntado antes... — digo, arrependido.

— Você até perguntou. — Ele me encara, pensativo. — Olha, eu amo demais a Vivi.

Faço uma careta.

— Você ficar assumindo isso só fode com a minha vida — bufo, insatisfeito.

— Pois se acostume. — Ele dá de ombros, cagando para o que eu penso. Olha, esse moleque subiu na minha consideração hoje. É corajoso. — Eu amo a sua garota, cara. Mas não da forma que você pensa, e muito menos da forma que você ama. Há amor entre homem e mulher que não envolva sexo.

— Há mesmo... Entre família — zombo.

— Não, meu. Acredite, se Viviane e eu sentíssemos um pelo outro o que a sua mente estúpida te fez acreditar, estaríamos bem longe daqui, sendo felizes. Olha a minha cara de felicidade. — Ele aponta sério para o próprio rosto. — Eu amo a mulher de outro cara, sim, mas não é a sua. E eu vou parar de beber porque ainda vai ferrar a minha vida dizer essas merdas em público.

— Acho que você não tá fazendo isso por se identificar, não. Tá fazendo porque é o bom moço e não resiste à oportunidade de se mostrar.

— É, tem isso também. — Ele dá de ombros, dando um sorriso triste. — Mas é meio controverso, já que assumi que amo a mulher de outro.

— Hum... Ela pode não ser de outro pra sempre. — Dou um tapinha em seu braço. — Desde que não seja a minha, claro. Porque, se for a minha, é pra sempre.

— Tô sabendo. — Ele olha para a varanda e acena para o pai, indicando que tudo está bem. — Agora me diz, como vai consertar a merda que você fez?

— Tenho uma ligeira ideia, mas antes preciso daquele violão que o Rodrigo estava corrompendo com música sertaneja.

37
Viviane

You've held your head up
You've fought the fight
You bear the scars
You've done your time
Listen to me
You've been lonely, too long
Let me in the wall you've built around
And we can light a match and burn them down
And let me hold your hand and dance 'round and 'round the flames.
— The Civil Wars, "Dust to Dust"*

Meus avós param de me pressionar. Eles sabem que preciso de tempo. Não se passam nem dez minutos e vovô volta, dizendo:

— Vem, *cariño*, vamos te levar para casa.

— Estava pensando em dormir aqui.

— Ah, não dá. Nós vamos sair — vovó intercede rapidamente.

— Vão sair pra onde?

— Coisas de casal, meu anjo. Não é porque estou velho que não cumpro com minhas funções. — Ele me lança uma piscadinha obscena e reviro os olhos.

---

* "Você manteve a cabeça erguida/ Você lutou a batalha/ Você carrega as cicatrizes/ Você cumpriu o seu tempo/ Me escuta/ Você já esteve sozinho por muito tempo/ Me deixe entrar nesse muro que você construiu ao seu redor/ E nós podemos acender um fósforo e incendiá-lo/ Me deixe segurar sua mão e dançar em volta das chamas."

— Credo, vô, me poupe desses detalhes — respondo, enquanto minha vó dá uma risadinha.

— Bom, vamos saindo então... — Ele caminha para o portão.

— Vovô, o carro está na garagem. — Faço menção de seguir para a direção correta, mas ele segura meu braço, me guiando para o portão.

— Vamos com o outro.

— Que outro? — pergunto, confusa.

Não dá tempo de esboçar mais nenhuma reação. Vovô abre o portão automático e Rafael está parado do outro lado, com um violão na mão e Bernardo a seu lado.

O sorriso doce no rosto do meu amigo me mostra que eles se entenderam e a apreensão de Rafael evidencia o quanto ele está se controlando para não se desequilibrar e desencadear uma crise.

Antes que eu possa dizer algo, ele começa a cantar:

What if it makes you sad at me?
And what if it makes you laugh now, but you cry as you fall asleep?
And what if it takes your breath and you can hardly breathe?
And what if it makes the last sound be the very best sound?

What if what I want makes you sad at me
And is it all my fault, or can I fix it please?
'Cause you know that I'm always all for you
'Cause you know that I'm always all for you.

What if it makes you lose faith in me?
What if it makes you question every moment you cannot see?
And what if it makes you crash and you can't find the key?
What if it makes you ask how you could let it all go?*

---

* "E se isso te deixar triste comigo?/ E se fizer você rir agora, mas depois você chorar até adormecer?/ E se isso te deixar sem fôlego, e você mal conseguir respirar?/ E se o último som for o melhor som?// E se o que eu quero te deixar triste comigo/ E se a culpa for toda minha, eu posso por favor consertar as coisas?/ Porque você sabe que sempre serei tudo para você/ Porque você sabe que sempre serei tudo para você.// E se isso fizer você perder a fé em mim?/ E

139

Cada palavra de "What If", do SafetySuit, reflete muito do meu relacionamento com Rafael.

São tantos "e se" em nossa vida que é impossível não pensar neles.

Aos poucos, ele caminha até estar a um passo de mim, sem parar de cantar. Nós nos olhamos nos olhos, conectados, perdidos um no outro.

And if this be our last conversation?
If this be the last time that we speak for a while
Don't lose hope and don't let go
Cause you should know.

If it makes you sad
If it makes you sad at me
Then it's all my fault and let me fix it please
Cause you know that I'm always all for you. *

"E se for a nossa última conversa?"

Há tanto nesse verso que não consigo conter um soluço.

A música sempre esteve presente no nosso relacionamento e hoje Rafael se superou. Escolheu a música perfeita que resume nossos medos.

Ele termina de cantar e tamborila os dedos pelo violão. Nunca o vi tão tenso.

— Você acha que seria feliz com outro cara? — Rafael pronuncia as palavras como se estivesse sendo apunhalado. — Porque, se você achar que isso é possível, vou fazer como o mauricinho ali — aponta para Bernardo, que agora já está cercado de todos os outros. Cada um deles querendo saber o resultado dessa conversa. — ... e sumir. E, falando no

---

se isso fizer você se questionar sobre cada momento que não pôde ver?/ E se isso fizer você desmoronar, e você não puder achar a chave?/ E se fizer você se questionar como deixou isso tudo passar?"

* "E se essa for nossa última conversa?/ Se for a última vez que conversamos por um tempo/ Não perca a esperança e não a deixe ir/ Porque você deveria saber.// Se isso te faz triste/ Se isso te deixa triste comigo/ Então a culpa é toda minha, eu posso por favor consertar as coisas?/ Porque você sabe que sempre serei tudo pra você."

Bernardo, desculpa. Errei em estragar o rosto perfeitinho dele. — Olho para Bernardo, que parece bem. — É só você dizer que tem uma chance de ser feliz longe de mim. Mesmo que pequena. E eu sumo.

O rosto de Rafael está machucado. Seu olho direito está inchado e começa a arroxear. Suas mãos tremem um pouco e ele respira devagar, querendo se manter bem.

Todo quebrado. Cheio de problemas. Cheio de defeitos. E tudo o que consigo enxergar é seu coração gigantesco.

— Não, Rafa. Não há a mínima chance de eu ser feliz sem você. — Pego sua mão e a aperto levemente, querendo lhe mostrar que não há motivo para que ele fique nervoso.

Seu sorriso é tão grande que se transforma numa risada, aliviada.

— Isso é ótimo! — Ele aperta o peito. — Ou a próxima música ficaria completamente sem sentido. E é com o mestre Johnny Cash que eu faço uma promessa para você hoje.

As sure as night is dark and day is light
I keep you on my mind both day and night
And happiness I've known proves that it's right
Because you're mine, I walk the line.

You've got a way to keep me on your side
You give me cause for love that I can't hide
For you I know I'd even try to turn the tide
Because you're mine, I walk the line.

I keep a close watch on this heart of mine
I keep my eyes wide open all the time
I keep the ends out for the tie that binds
Because you're mine, I walk the line. *

---

* "Tão certo quanto a noite é escura e o dia, claro/ Você não sai da minha mente/ E a minha felicidade é prova de tudo isso/ Porque você é minha, ando na linha.// Você achou um jeito de me manter ao seu lado/ Me dá motivos que não me permitem esconder/ Por você, eu tenta-

Rafael termina de cantar "I Walk the Line" dançando à minha volta, então entrega o violão para Rodrigo.

— Violão devidamente desintoxicado. Favor usá-lo para algo que não seja sertanejo — Rafael provoca meu irmão e retorna para perto de mim.

Ele me pega no colo, erguendo-me para que possamos nos encarar. Apoio as mãos em seus ombros e sorrio.

— Sempre tão exagerado... — É minha vez de provocar.

— Casa comigo, Viviane Villa? Prometo andar na linha — ele faz uma careta —, continuar com a terapia e te amar pela vida inteira. Você sabe, não dá pra ser diferente. Você pode ter muitos caras se quiser, pode até viver uma vida mais tranquila com um deles, mas eu sou o único que vai te pegar assim e dizer sem hesitar que *eu te amo, porra*. Se você sentiu o mesmo arrepio que sinto toda vez que digo essas palavras, não desiste da gente, garota. Casa comigo, casa comigo, casa comigo...

— Você não precisa mudar por mim, Rafael Ferraz. É você que eu amo e já te amei assim. Não tenho medo de quem você é. Meu medo sempre foi pelo que você podia fazer consigo mesmo. Te quero bem. Te quero vivo. Te quero comigo, então... sobre a sua pergunta, minha resposta é... sim, sim, sim!

Rafael me gira no ar e depois nos beijamos sob uma chuva de gritos e palmas.

É... Parece que Rafa e Vivi vão mesmo ficar juntos para sempre, apesar de todos os obstáculos, dores e perdas.

Alguns amores são feitos para durar.

---

ria até reverter a maré/ Porque você é minha, ando na linha.// Fico de olho neste meu coração/ Mantenho os olhos bem abertos o tempo todo/ Procuro não arrumar confusão/ Porque você é minha, ando na linha."

EPÍLOGO
RAFAEL

I believe in us
Nothin' else could ever mean so much
You're the one I trust
Our time has come
We're not two people, now we are one
Yeah, you're second to none
Forever we will be
Together, a family
The more I get to know ya, nothin' can compare
With all of my heart, you know I'll always be right there.
— Bryan Adams, "I'll Always Be Right There"*

ONZE MESES DEPOIS, estou no altar, esperando a mulher da minha vida entrar na igreja.

Branca, Clara, Mila e Fernanda são as madrinhas. Lex, Bernardo, Rodrigo e Lucas, os padrinhos. Deu uma confusão dos diabos, porque a Branca inventou que o Bernardo tinha que ser padrinho com a Clara, e não o Maurício. E era óbvio que ela tinha um plano. Ao colocar o Lucas junto com a Fernanda, ela jurou que não estava fazendo isso com nenhuma segunda intenção.

---

* "Eu acredito em nós/ Nada mais poderia significar tanto/ Só confio em você/ Nossa vez chegou/ Nós não somos duas pessoas, agora nós somos um/ De maneira alguma você estará sozinha/ Para sempre nós estaremos/ Juntos, uma família/ Quanto mais eu te conheço, nada pode se comparar/ Com todo o meu coração, você sabe que eu estarei bem ali."

O Augusto não se importou. Ele é seguro demais do amor da Fernanda. Já o Maurício deu uma reclamada, mas aceitou. Não que ele tivesse escolha. A Branca derrubaria a igreja se não fizessem o que ela queria.

Ela se apegou tanto à organização de casamentos que decidiu que vai casar com o Lex em seis meses. Sim, foi ela quem decidiu, e não precisa ser muito esperto para saber que isso vai dar merda.

Quando Rodrigo me faz um sinal, indicando que está na hora, sou surpreendido: em vez da marcha nupcial comum, os músicos começam a tocar "Bitter Sweet Symphony", do The Verve. Cacete, é impossível amar mais essa garota.

De braço dado com o avô, Viviane sorri, provocante. Desafiando qualquer um que ouse pensar que essa não é a melodia de uma noiva. E duvido que seja mesmo...

Mas ela não é qualquer noiva. É a minha, porra!

Quando seu avô a entrega a mim, vejo lágrimas brilhando em seus olhos. Compreendo seu sentimento em segundos.

— Eles estão aqui, Vivi. — Ela assente, sabendo que me refiro a todas as pessoas que perdemos.

Beijo sua bochecha com carinho e ela respira profundamente, para não chorar.

Depois ela sorri, radiante. Dando importância ao que temos, independentemente do que perdemos.

— Rafa, será que você pode arrumar meu véu? Tem algo me incomodando no pescoço. — Ela se vira para que eu a ajude e, mais uma vez, ela me surpreende. Um pouco abaixo de sua nuca está o símbolo do anel de Claddagh. Ela também tatuou as mãos segurando o coração com a coroa.

— Quando você...? — tento perguntar em meio à alegria que me arranca risadas.

— Somos pra sempre, Rafa. Somos pra sempre.

— Não, Vivi — eu rebato e ela franze a testa. — Somos pra sempre, porra!

Ela ri e me dá um tapa de leve, enquanto o padre me dá uma bela encarada e pigarreia.

— Ah, cara, como ser autoimune depois dessa? — ouço Lucas perguntar para Rodrigo, Bernardo e Lex.

— Difícil — Bernardo responde e nem preciso olhar para ele para saber quem chama sua atenção.

— Fracos! — Rodrigo reclama e dá de ombros. — Vou ser o rei da autoimunidade sozinho, então!

E assim, em meio a todas as pessoas que amo — estejam elas presentes fisicamente ou não —, me caso com a única mulher que vou amar pelo resto da vida.

E precisou passar mais um ano para eu descobrir que estava errado. Não, eu não deixei e jamais deixarei de amar Viviane, mas agora, enquanto ela dorme em uma cama de hospital, cantarolo baixinho com minha filha recém-nascida em meus braços.

Acho que no coração cabe ainda mais amor do que eu imaginava.

— Priscila... — sussurro, inspirando o perfume dos cabelos negros da minha pequena. — Meu amor.

Eu perdi uma Priscila para a morte, minha irmãzinha. Nunca vou esquecê-la, nem de meus pais e de todos os outros que foram levados de mim. Ainda dói me lembrar deles e sempre vai doer. Não tem essa de superar a morte. A gente segue em frente, porque faz parte do ser humano ser forte, mas o que a morte leva deixa uma dor eterna em nós.

Demorou muito para que eu aprendesse que a dor deve ser sentida e não negada.

Tentando não sentir, me atirei a tudo o que há de ruim e acho que eu teria morrido também se não fosse por ela.

Observo Viviane dormindo, depois das horas exaustantes do parto da nossa pequena. Aconchego nossa filha nos braços, enquanto me abaixo para dar um beijo na mulher que trouxe a luz para a minha vida.

O amor e a dor caminham juntos. Não dá para ter um sem o outro. Porque amar implica saber perder o que amamos, e, por mais que esse ainda seja meu maior medo, é inevitável.

Já sei lidar com essa dor. Sei olhar para Viviane e saber o quanto sou grato por tê-la em minha vida. E agora nosso pequeno presente. Nossa filha.

Eu vou ter muitas quedas ainda, mas a maior lição que tive é que para enfrentarmos a morte é preciso celebrar a vida.

Foi foda passar pelo que passamos. Foi foda sobreviver àquilo. Foi foda recomeçar, mas aprendi que assim é a vida: ela toma, ela dá.

O amor não é só sobre as batidas que você perde. É muito mais. É sobre encontrar alguém cuja alma se encaixa na sua. É sobre aceitar a escolha perfeita do coração e deixar seus receios de lado. Amar o que tem, independentemente do que perdeu.

Você pode perder batidas muitas vezes na vida, mas só uma terá seu molde, só uma será a batida perfeita que vai compensar toda a dor.

Porque amar é isso, porra.

AGRADECIMENTOS

Escrever os agradecimentos deste livro é bastante surreal, já que eu tinha quase certeza de que não teria um título novo para lançar na Bienal do Livro do Rio de Janeiro, em 2015.

Então, primeiramente, agradeço a meu filho Athos, por ter a ideia brilhante que salvou minha Bienal. Por me dizer que eu era capaz de escrever este livro, quando eu estava sobrecarregada demais para pensar nisso. Por usar as palavras do Rafa e dizer: "Relaxa, vai dar certo", e me ouvir gritar em desespero: "Pelo amor de Deus, não diz 'relaxa' que vai dar merda!"

Ao Arthur, que criou paródias para suprir a própria carência enquanto eu fazia maratona de escrita para terminar este livro: "Você me quer e eu te quero também, mas esse seu livro nos afaaaaaasta...". Tudo bem, pequeno, já acabei e podemos fazer maratonas de *Hora de aventura*.

A Daniely Melo, Mayara Cruz, Mariana Paixão, Sabrina Inserra, Bruna Dorazzo e Lex Bastos, que ouviram meus surtos "Não vou dar conta!" e sempre responderam: "Vai, sim". Obrigada por confiarem mais em mim do que eu era capaz de fazer.

A Marcos Dioclécio, meu malvado favorito, que recebeu a ligação do Athos e me ligou fingindo ser coincidência, só para me dizer para parar de chorar e ir escrever logo, que tudo ia dar certo.

A minha irmã Bruna, por, mais uma vez, ser a médica dos meus personagens e correr para o hospital quando eu mesma precisei.

A minha irmã Nicole, por ir atrás de cada entrevista e cuidar de mim como cuido dela.

A minha irmã Monique, por me aconselhar e brigar por mim (e comigo), se preciso.

A meus pais, que falam orgulhosos sobre os livros na Espanha e sonham com a publicação deles por lá.

A Ana Paula, da Verus Editora, por acreditar tão prontamente na ideia e me dar todo o apoio de que eu precisava.

A Raïssa Castro, minha editora, por também acreditar neste projeto mesmo com o tempo tão curto e sempre me apoiar.

A Shirley Tuxo e Guilherme Filippone, do Grupo Editorial Record, por me ensinarem cada vez mais como funciona o mercado editorial e sempre lutarem pelo melhor para meus livros.

Por fim, gostaria de deixar mais algumas palavras...

Esta obra é um complemento de *As batidas perdidas do coração* e não existiria sem ele. Trata-se de uma história que se negou a ficar em silêncio. Há muito tempo, aprendi que os personagens mandam e eu obedeço. É o que funciona para mim.

Hoje, além de agradecer a todas essas pessoas, quero dedicar este livro a todas as vidas perdidas para as drogas e para a violência. Também para cada pessoa que perdeu alguém dessa forma.

Em especial, à memória de Rafael Noronha.

Há três anos, sua vida foi tirada daqueles que o amavam, e não posso deixar de marcar estas páginas com um pouquinho de você. Nossos caminhos nunca se cruzaram e, mesmo assim, sinto que o conheci muito. Entrei na vida da sua família pouco depois de sua partida. Meu Rafael já existia naquela época e você foi mais uma coincidência que a escrita trouxe para mim. Sua perda é sentida todos os dias por quem conviveu com você e soube como você era especial. Eu entendo de dor, Rafa. Bastante. Mais do que eu gostaria. E sei que você também era assim. E, apesar da dor, você nunca deixou de ajudar quem precisava. Você foi importante para muita gente e não há palavras para agradecer por tudo o que fez antes de partir. Continue iluminando sua mãe, seu irmão, a mim e a todos nós. Eu gostaria que o mundo inteiro pudesse te conhecer e, por isso, deixo parte de você aqui, entre as minhas palavras. Brilhe, Rafa. Continue sempre brilhando. Meu coração sofre por sua vida perdida e por todas aquelas que a violência tira de nós. É uma ferida que nunca vai fechar. Nunca vai passar.

Aproveito para agradecer mais uma vez a Marlene Verruck, mãe do Rafael e do Jonas (inspiração para o Bernardo). Obrigada por abrir seu coração tão ferido e me deixar morar nele. Obrigada por não se entregar à dor e se manter aqui, muitas vezes mais pelos outros do que por si mesma. Obrigada por ser meu exemplo e ter adotado a mim e a meus filhos como parte de sua família.

A todas as pessoas que perderam alguém, queria que o meu amor fosse suficiente para curar um pouco da sua dor e espero que minhas palavras sejam capazes de levar algum conforto.

E a todos aqueles que se perderam, que vocês possam encontrar a própria luz e voltar para casa. Não importa quem ou o que ela seja.

A cada coração partido que se perde mundo afora, entenda que uma gota de luz é suficiente para iluminar as trevas. Permita-se ser feliz.

No que eu puder ajudar, estarei aqui por vocês.

Impresso no Brasil pelo Sistema Cameron da Divisão Gráfica da
DISTRIBUIDORA RECORD DE SERVIÇOS DE IMPRENSA S.A.